오늘이 모여 인생을 만듭니다!
지금 이 시간을
진심으로 응원할게요!

손성재

오미진

황교일

강 란

이정환

님께
____

스토리 소소하지만 열정적인 당신의 일상을 공감과 위안, 힐링을 담아 응원합니다.
인시리즈 어떤 말들보다 큰 힘이 되어주고 당신만의 이야기를 마음껏 펼칠 수 있도록, 당신의 스토리와 함께합니다.

청소년 필사의 힘

너의 오늘을 응원해
필사첼린지 100일 프로젝트

초판1쇄 발행 2025년 11월 11일	**지은이** 손성재, 오미진, 황교일, 강란, 이정환 **총괄기획** 홍재기 **사진** 손성재	

펴낸이 김태영	**펴낸곳** 씽크스마트 책짓는 집	**주소** 경기도 고양시 덕양구 청초로 66 덕은리버워크 B-1403호	**전화** 02-323-5609
출판사 등록번호 제395-313000025 1002001000106호	**ISBN** 978-89-6529-468-9 (03800)	**정가** 13,000원	ⓒ 손성재, 오미진, 황교일, 강란, 이정환
이 책을 만든 사람들	**책임편집** 김무영	**편집** 신재혁	**홈페이지** www.tsbook.co.kr **인스타그램** @thinksmart.official **이메일** thinksmart@kakao.com

*** 씽크스마트** 더 큰 생각으로 통하는 길

'더 큰 생각으로 통하는 길' 위에서 삶의 지혜를 모아 '인문교양, 자기계발, 자녀교육, 어린이 교양·학습, 정치사회, 취미생활' 등 다양한 분야의 도서를 출간합니다. 바람직한 교육관을 세우고 나다움의 힘을 기르며, 세상에서 소외된 부분을 바라봅니다. 첫 원고부터 책의 완성까지 늘 시대를 읽는 기획으로 책을 만들어, 넓고 깊은 생각으로 세상을 살아갈 수 있는 힘을 드리고자 합니다.

*** 도서출판 큐** 더 쓸모 있는 책을 만나다

도서출판 큐는 울퉁불퉁한 현실에서 만나는 다양한 질문과 고민에 답하고자 만든 실용교양 임프린트입니다. 새로운 작가와 독자를 개척하며, 변화하는 세상 속에서 책의 쓸모를 키워갑니다. 흥겹게 춤추듯 시대의 변화에 맞는 '더 쓸모 있는 책'을 만들겠습니다.

자신만의 생각이나 이야기를 펼치고 싶은 당신. 책으로 사람들에게 전하고 싶은 아이디어나 원고를 메일(thinksmart@kakao.com)로 보내주세요. 씽크스마트는 당신의 소중한 원고를 기다리고 있습니다.

청소년 필사의 힘

너의 오늘을 응원해

필사챌린지 100일 프로젝트

손성재 오미진 황교일 강란 이정환

어른들이 줄 수 있는 최고의 선물

우리는 종종 아이들에게 "공부 열심히 해라!", "괜찮아, 잘하고 있어!"라는 말을 건넵니다. 위로도 해주고 싶고, 동기부여도 해주고 싶지만, 정작 어떤 말이 아이의 마음에 닿는지는 늘 알 수 없어 조심스럽습니다. 머릿속에선 도와주고 싶은 마음이 굴뚝같은데, 입 밖으로 나오는 말은 어설픈 훈계나 뻔한 격려가 되어버리기 일쑤입니다.

어느 날 중학생 아이와 대화를 하다 문득 깨달았습니다. 아이들은 삶의 방향을 묻는 '큰 질문'을 안고 살아가고 있다는 것을요. 오늘은 왜 공부해야 하는지, 왜 실패는 자꾸 나를 찾아오는지, 친구와 어긋난 마음은 어떻게 풀어야 하는지, 내가 누구인지, 무엇을 좋아하는지도 모르겠는데 어른들은 자꾸 "꿈을 정하라"고 말하죠.

그 순간 떠올랐습니다. 아이들에게 건네고 싶은 말들을, 아이들이 알아들을 수 있는 말로 그리고 반복해서 곱씹을 수 있는 문장으로 남기고 싶다고요. 그렇게 해서 이 책은 시작되었습니다. 짧지만 깊게 머무는 말 한 줄. 그 문장이 아이들의 하루를 붙잡아줄 수 있다면, 아마도 어른들이 줄 수 있는 최고의 선물이 될 것입니다.

청소년의 언어로 적은 마음의 지도

이 책은 '지금, 청소년기 한가운데 있는 누군가'를 위해 썼습니다. 자신의 속도에 의문이 드는 아이들, 잘하고 있는지 확인받고 싶은 아이들, 실수 앞에 좌절한 아이들, 무언가 해보고는 싶은데 자신 없다는 아이들, 그리고 생각보다 잘하고 있지만 그 사실을 잊고 사는 아이들 말이에요.

누구에게나 흔들리는 날이 있습니다. 감정이 소용돌이치고, 실수 앞에서 주저앉고 싶고, 사람들과 비교하며 '나는 왜 이럴까'라는 자책이 마음을 파고드는 날 말입니다. 이 책은 그런 날을 겪는 청소년들에게 조용히 다가가, 한 문장으로 "너도 괜찮아", "조금 쉬어도 괜찮아", "다시 시작할 수 있어"라고 말해주고 싶었습니다.

이 책은 부모님, 선생님 또래 친구들이 아이들에게 건네고 싶은 말이자, 동시에 아이들 스스로가 자신에게 들려주면 좋을 문장들로 구성되어 있습니다. 그래서 어른이 함께 읽어도 좋습니다. 아이가 살아가는 세계를 이해하려는 분들에게, 이 책의 문장들은 '청소년의 언어로 적은 마음의 지도'가 되어줄 것입니다.

5가지 핵심 주제로 전하는 100개의 메시지

이 책에 담긴 100개의 문장은 '행복', '마음', '습관', '진로', '생각'이라는 다섯 주제를 중심으로 쓰였습니다. 모두 '나'라는 한 사람을 위한 이야기이자, 오늘이라는 하루를 어떻게 살아갈 것인가에 대한 이야기입니다.

행복은 '작은 것에서 만족을 찾는 태도'를,
마음은 '자신의 감정과 내면을 돌보는 방법'을,
습관은 '미래를 만들어가는 꾸준한 행동'을,
진로는 '나를 알아가며 방향을 설정하는 힘'을,
생각은 '질문하고 연결하며 사고를 확장하는 능력'을
담고 있습니다.

이 책은 '어떻게 살아야 하는가'에 대한 정답을 알려주진 않습니다. 그 대신, 각자의 삶 안에서 '자기만의 해답'을 찾아갈 수 있도록 안내하고 있습니다. 그 시작이 될 수 있는 100개의 문장. 그것이 바로 이 책이 전하고 싶은 이야기입니다.

의미 있는 문장이 깊이 있는 아이를 만든다.

이 책은 어떤 순서로 읽어도 좋습니다. 앞에서부터 정주행해도 좋고, 오늘 하루 마음이 이끄는 페이지를 펼쳐

읽어도 좋습니다. 각 문장은 독립되어 있으면서도, 느슨한 연결로 이어져 있어요. 매일 한 문장씩 필사하며, 스스로에게 편지를 쓰듯 따라 적어도 좋고, 마음에 남는 문장 옆에 자신의 생각을 덧붙여보는 것도 좋습니다.

중요한 건, 이 책을 통해 '자신의 언어'를 만나게 되는 것입니다. 세상이 요구하는 말이 아닌, 스스로 믿고 싶은 말, 나를 살게 하는 말, 다시 일어서게 하는 말, 그런 문장 하나가 내 안에 자리 잡게 되길 바랍니다. 더불어 지금 이 순간 오늘을 진심으로 응원하는 어른이 있다는 것을 잊지 않았으면 합니다.

그리고 여러분이 이 문장들을 읽는 동안, '내가 잘못 살고 있는 건 아니구나'라는 안도감을 느꼈으면 좋겠습니다. 그 위로가 진심으로 전해지기를 바랍니다.

오늘을 살아가고 있는 너에게,
매일 조금씩 성장하고 있는 너에게,
마음이 흔들릴 때마다
돌아볼 수 있는 문장이 되기를 바랍니다.

여러분의 오늘을 진심으로 응원합니다.

책『청소년 필사의 힘』기획자, 홍재기

PART V **너의 '생각'을 응원해!** 이정환

"행복은

있는 그대로의

나를 알아차리고,

지금 이 순간을

감사하며 살아갈 때

조용히 스며드는

마음의 평화이다."

손성재 작가

PART I
너의 ·행복·을
응원해!

1. 행복해지고 싶나요? '시작'을 하세요.

행복은 완벽해서 오는 게 아니라,
시작하는 데서 온다.
오늘도 한 걸음 나아가면, 그게 곧 행복의 시작이다.

행복은 간절히 원하는 사람에게 다가옵니다.
행복은 나로부터 시작합니다.
나의 행복을 위하여, 무엇이든 시작하십시오.
완벽을 기대하지 마십시오.
시작하면 됩니다.

완벽한 배를 만들어 띄우려 하지 마십시오.
완벽한 배는 영원히 출항하지 못할지도 모릅니다.
세상에서 가장 완벽한 배였던 타이타닉은 띄워졌으나,
첫 출항에 사라져갔습니다.

출항할 준비가 되어 있으면 충분합니다.
출항하십시오.
우리는 계속 배를 정비하고, 수리하고, 움직여 갈 것입니다.
세상을 만날 것이고,
새로이 맞아주는 세상은
나에게 행복을 시작하게 해줄 것입니다.

행복은 시작하는 사람에게 옵니다.
행복은 시작하는 사람에게 행운과 함께 희망을 선사합니다.

지금 당장 시작하십시오.

나의 오늘을 위한 실천 문장

당장 시작할 수 있는 가벼운 계획을 하나 만드세요.

이제, 가벼운 시작을 지속하세요.

3일, 5일, 일주일, 보름, 한 달.

이제 그 시작은 여러분의 것이 됩니다.

이제 행복은 여러분의 것이 됩니다.

행복을 시작하세요.

2. 작지만 확실하게 느낄 수 있는
　행복도 좋습니다.

작은 기쁨에 감사하고,

큰 성취에 다가가자.

행복은 순간이고,

그 순간들이 쌓이면 인생이 따뜻해진다.

행복은 바라는 바가 충족되면 느끼지는 순간입니다.
때로는 지속적이기도 하지만,
대부분은 순간적입니다.
그 순간들의 빈도를 올리는 것이
'행복의 절대량'을 늘리는 방법일 것입니다.

어느 순간부터 우리에게
'작지만 확실한 행복'에만 충만함을 느끼도록
만들어가는 세상이 된 듯합니다.
삶에 이러한 작은 만족을 많이 만나며,
감사하는 마음을 갖는 것도 좋습니다.

그리고 수십일에 걸친 노력 끝에
만나는 행복도 좋지 않나 싶습니다.
수개월, 수년에 걸친, '혼신의 힘'을 다하는
노력과 성실을 다하고 만나는 행복은
그 크기가 더욱 클 것입니다.

작은 행복에서 삶을 풍부히 하면서,
커다란 성취 속에 삶의 완결성을 높여가 보세요.

나의 오늘을 위한 실천 문장

작은 행복은 찾아보세요.

작지만 너무 행복할 듯한 선물을 자신에게 해보세요.

짧지만 충분한 행복을 느껴보세요.

그리고 조금 크고, 긴 정성이 들어가는 선물을 찾아보세요.

나 자신에게 해주세요.

이제, 더 큰 선물을 어떻게 만들면 될까요?

3. 고통의 원인과 행복으로의 승화

고통은 피할 대상이 아니라,
나를 성장시키는 스승이다.
어제보다 조금 나아졌다면,
이미 그 결핍은 나를 행복으로 이끌고 있는 중이다.

모든 의욕의 기초는 결핍, 즉 고통이고,
인간은 이미 근원적으로
그 고통의 수중에 들어있다고 쇼펜하우어는 말합니다.

결핍을 벗어나기 위해 노력하고,
노력이 성취되어 결핍이 해결됩니다.
성취감과 함께 강력한 도파민이 분출될 것입니다.
그러나 머지않아 다시 그 성취에 익숙해지고,
결핍이 다가올 것입니다.

인간이 진화해 온 근간에
결핍을 벗어나기 위한 노력,
그 성취감의 획득이 중요한 부분을
차지하고 있음을 인식할 필요가 있습니다.

그 흐름에 몸과 마음을 맡기고,
하루하루 조금씩 성장 변화하는 자신을 바라보세요.
오늘이 어제보다 한 뼘만큼이라도 성장한다면,
그리고 내일이 손가락 한 마디만큼이라도 변화한다면,
이보다 행복한 일은 없을 것입니다.

이것이 결핍의 고통을 행복으로 승화하는 길입니다.

📖 나의 오늘을 위한 실천 문장

어제보다 나은 하루를 위해,

한 가지의 나은 부분을 찾아 적어주세요.

자신의 성장에 감사와 칭찬을 해주세요.

그리고 내일을 위한 성장 한 가지를 적어보세요.

다음 날, 전날의 약속과 오늘의 성장을 비교하며

하루하루를 보내세요.

청바지 뒷주머니의 실밥만큼 성장하는 날도,

담장을 훌쩍 넘긴 홈런처럼 성장하는 날도 있을 것입니다.

행복을 느껴보세요.

4. 카르페 디엠

오늘을 잘 사는 사람이,
어제를 덜 후회하고
내일을 더 담담히 맞이한다.

카르페 디엠(Carpe diem)은
호라티우스의 시 한 구절(라틴어)로부터 유래한 말로,
현재를 잡아라(Seize the day)로 영역됩니다.
'죽은 시인의 사회'의 키팅 선생님의 언급으로 기억되는 말입니다.

과거의 후회 또는 영광만으로
현재를 보낼 수 없습니다.
미래에 대한 막연한 불안 또는 기대만으로
현재를 살 수는 없습니다.

그래서 중요한 것은 '카르페 디엠'입니다.
'현재를 즐겨라.'라는 말로 한역되기도 합니다.
그러나 즐기는 것이 '시간의 낭비'로 이해되어서는 안 됩니다.

현재에 충실함으로 과거의 후회를 보상하고,
과거의 영광은 더 큰 성장으로 이어져야 합니다.

현재에 충실함으로 미래의 불안을 없애고,
미래의 기대를 실현해야 합니다.

미래를 향한 더 많은 행복을 만들어 가 보세요.

📖 나의 오늘을 위한 실천 문장

아침에 세안한 얼굴로 거울을 보면서
'오늘은 어제 죽은 이가 그토록 그리던 내일이다'라는
말을 소리 내어보세요. 어색하겠지만 소리 내어보세요.
마치 오늘 하루가 평생인 것처럼 보낼 수 있을 것입니다.
평생인 것처럼 보낸 하루하루는 여러분의 행복이 될 것입니다.

5. 뭣이 중한디(영화 ‘곡성’ 중)

지금 내 삶에 진짜 중요한 게
무엇인지 알아차리는 것,
거기서부터 행복이 시작된다.

무엇이 우리에게 중요한가를
확인해 보는 것은 도움이 됩니다.
중요한 것 중에서 더 중요한 것과
덜 중요한 것을 나누어 보고,
선후를 생각해 보는 것은 더욱 도움이 됩니다.

삶을 키워가면서 독화살을 맞은 것과 같은 일은
생각보다 여러 번 만나게 됩니다.
게다가 독화살인 줄 알았는데,
모기에게 물린 듯한 일도 있고,
모기에게 물린 줄 알았는데,
독화살인 경우도 만나게 됩니다.
물론 독화살을 쏜 사람을 찾거나,
모기가 들어오게 문을 열어둔 사람을 찾아
나의 마음을 성토하고 싶을 수도 있습니다.

그러나 아픈 것을 먼저
‘시의적절時宜適切’하게 치유하는 것이 순서일 것입니다.

‘중요한 것’은 삶은 키워가는 과정에 따라 바뀌기도 합니다.

그러나 그 시기에 맞게 중요한 것과
더 중요한 것을 구별해 내면서, 삶을 만나가면
행복은 조금은 더 가까워질 것입니다.

📖 나의 오늘을 위한 실천 문장

문제를 맞닥뜨려 화가 나게 되면,

화를 내거나 핑계를 찾아내기보다는,

숨을 고르고 '열'을 세어 보세요.

그래도 화가 가라앉지 않으면 천천히 '열'을 더 세어 보세요.

그리고 '왜?'와 '무엇이 더 중요한가?'를 생각해 보세요.

더 행복해지고, 더욱 성장한 삶을 만나게 될 것입니다.

6. 시시함을 이겨내는 방법

시시함은 익숙함이 만든 착각이다.
없다고 생각해 보면,
다시 감사해진다.

조금씩 나이를 먹어가다 보면,
예전보다 시시해지는 일이 많아집니다.
'처음 만난 눈송이'가 신기하고,
소중하던 시절이 지나고,
부모님과 함께하는 주말 나들이가
시큰둥해지는 시기가 옵니다.
그토록 바라던 어린이날 선물도
한 달이 지나면,
볼 때마다 기쁘지는 않습니다.

시시함이 생기기 시작합니다.
그런 때가 다가오면
가끔 '그것이 없다면 어떨까?'를 생각해 보세요.
감사함으로 시작하는 '시시함의 극복'은
삶을 풍성하게 해줍니다.

겨울이면 만나던 눈송이를 더 이상 볼 수 없다면,
주말 함께할 가족이 없다면,
당장, 이 글을 읽을 눈이 없다면…

부재(없음)를 생각하며, 느끼는 감사함은
'시시함'을 넘어설 수 있을 뿐만 아니라,
행복을 느낄 수 있는 가장 쉬운 방법입니다.

📖 나의 오늘을 위한 실천 문장

감사 일기를 써보세요. 무엇에나 감사하기 시작하면,
삶이 풍성해지고, 행복의 충만함을 느끼게 됩니다.
그것이 또 다른 희망을 낳습니다.
행복을 향유하는 긍정적인 삶이
더욱 커다란 행복을 낳게 됩니다.
감사하기는 생각보다 쉽습니다. 적어보세요.
500개쯤을 넘어가면 정말 소소한 것에도
감사하는 능력이 생깁니다.
마치 쓰러지지 않은 의자 다리에 감사하듯.

7. 결심하지 않는 사람이 이긴다.

결심은 마음에서 시작되지만,
행복은 움직이는 발걸음에서 온다.

인류가 탄생한 뒤로 인간의 뇌는 항상 편하고,
안락한 상태를 추구하도록 만들어졌습니다.
당연히 그러한 상태를 행복하다고 느끼고,
그러한 상태를 목표로 살아가도록 프로그램되어 있습니다.
그러한 프로그램이 궁극적이고, 지속적이고,
다수의 행복을 위한 목표로 작동한다면
가장 바람직한 상태가 될 것입니다.

그러나 인간은 생각보다 단편적인 순간의 행복을 위해,
궁극적이며, 지속적인 행복을 희생하는 경우가 매우 많습니다.
인류애 넘치는 순결한 의사를 목표로
열심히 학습을 다져가겠다는 결심을 하지만,
'30초 숏폼의 노예'가 되는 일도 있고,
건강과 다이어트를 위해 매일 3km 달리기를 목표로 정했지만,
아침의 피곤함이 계획을 미루게 하기도 합니다.

삶의 주인이 바로 '나'이기 때문에
자신의 계획에 대한 '포기 결정'을 더 쉽게 내리기도 합니다.
'결심'을 하고는 새로 시작할 그 결심을 위해,
결심 전날까지 오히려 '포기의 시간'을 반복하기도 합니다.
그리고 미루어집니다.

'마음의 결심'보다 '결심의 행동'이 중요합니다.

나의 오늘을 위한 실천 문장

결심하면, 미루지 마세요.
목표에 도달하지 못해도 좋습니다. 실행하세요.
실행을 위해 좋은 방법은 결심을 선언하고,
가족과 친구들에게 알리는 선언을 하는 것입니다.
지키지 못하면 만나게 될 타인의 눈길이
결심을 실행하게 하는 좋은 도구가 됩니다.
한 번을 시작하면, 두 번은 좀 더 쉬워지고,
세 번을 하게 되면, 일곱 번이 너끈합니다.

8. 무관심은 마음의 힘

모든 걸 다 알 필요는 없다.
알아야 할 것만 아는 게,
마음의 여유를 만드는 지혜이다.

알아야 하는 것을 알수록 실력은 향상되지만,
굳이 알 필요가 없는 것을 모를수록 행복은 커집니다.

셀럽의 일상을 모두 알고 싶을 수도 있습니다.
그러나 그 앎과 나의 성장을 연결하기는 쉽지 않습니다.
알 권리와 알 가치가 불균형하면 행복이 감소합니다.

알 가치가 있는 것을 아는 것은
당연히 나의 지속적인 행복과 성장에 도움이 되는 것입니다.
이러한 종류의 앎을 우리는 '지식'이라고 합니다.

굳이 알 필요가 없는 일들은
초단기적인 궁금증을 해소해 주기는 하지만,
나의 성장과 행복에 관계가 없는 일입니다.
이러한 종류의 앎을 우리는 '가십Gossip'이라고 합니다.

'가십거리'가 만연하는 시절을 살아가고 있습니다.
그에 대한 절제가 시간을 여유롭게 만들어 주고,
마음과 정신에도 공간을 만들어 줄 수 있습니다.

너무도 빠르게 바뀌어 가는 세상에서,
'알 필요가 있는 것'에 집중하는 것은
생존과 행복에 커다란 도움을 줄 것입니다.

유튜브를 보는 것도 의미 있는 일입니다.

무엇을 볼 것인가 가늠해 보세요.

알 필요가 있는 것인가, 굳이 알 필요가 없는 것인가.

그리고 비율을 정해보세요.

알 필요가 있는 것에 집중하기 위한 9:1의 비율을,

물론, 알 필요가 있는 것이 9가 됩니다.

1은 '삶의 여유'를 위해 남겨둡니다.

9. 나의 행복과 세계 평화

자기 행복을 미뤄두는 건,
누구에게도 도움이 되지 않는다.
내가 행복해야 타인도 그리고 세상도
행복할 수 있다.

사람이 살아가면서 자기 행복보다
우선하는 것은 없을 것입니다.
이 말이 너무도 이기적으로 느껴진다면,
이기성에 대한 착시 때문일 것입니다.
타인이 행복한 것을 보면서 행복을 느끼는 것도
자기 행복이 중심이 되는 것입니다.

어머니가 자식을 위해 목숨을 희생하는 순간도
결국은 자식의 생존이
어머니의 행복이기 때문에 가능한 것입니다.

다시 말하면, 자기 행복이
타인의 행복을 향할 수 있을 뿐만 아니라,
자기 행복이 없으면,
타인의 행복은 절대로 성취될 수 없다는 것입니다.

결국, 나의 행복이 진정으로 성취되어야,
수많은 타인이 행복해질 수 있고,
나아가 전 세계의 평화에도 이바지할 수 있습니다.
무엇보다 자기 행복을 찾아가야 할 것입니다.

자신이 행복을 누리는 것에 걱정을 갖지 마세요.

나의 오늘을 위한 실천 문장

나의 행복부터 생각하세요.

내가 아프고, 내가 상처받으면 안 됩니다.

남에 관한 생각을 너무 많이 하여,

힘든 것은 아닌지 생각해 보세요.

중심에 '나'를 놓아주세요.

그리고 나와 같게 타인도 상처받으면 안 되고,

타인도 아프면 안 된다는 생각을 바탕으로

타인의 행복은 어떠할지 생각하는,

세계 평화적인 사람을 그려나가 주세요.

10. 적절한 거리감

좋아하는 마음이 지나치면,
내 마음도 힘들고 남의 마음도 불편해진다.
조금 느슨한 관계가 오래 가게 한다.

사람이 너무 좋아지면,
친구가 너무 좋아지면,
아주 많은 것을 맞추어 주려고 노력하게 됩니다.
그 사람이, 그 친구가 행복해하면,
나도 좋을 것이지만 문제가 발생합니다.

상대방의 분위기와 상태에 따라
나의 행복도가 너무도 쉽게 오르고 내릴 수 있습니다.

때때로, 더욱 커다란 문제가 발생하기도 합니다.
나의 노력이, 상대방에게도 부담으로
다가올 수 있다는 것입니다.

상대방도 나의 노력을 느끼는 만큼,
비슷한 대응을 해주어야 한다는 어려움을
느끼게 될 수도 있습니다.

너무 맞추려 하지 않고,
적절하게 강약을 조정하는 태도가
상대방과의 관계 행복을 높입니다.

나의 오늘을 위한 실천 문장

연락이 적어져도, 조급해하지 말아 보세요.

너무도 짧은 대화의 시간이었다는 것에 안타까워하지 마세요.

괜찮을 겁니다.

가끔의 소식과 마음을 전하는 것으로도 충분할 수 있습니다.

때때로, 너무 가까이 다가오는 상대에게

적절한 시간과 거리를 주시면,

더욱 가까워질 관계인지, 그대로가 괜찮은 관계인지

알게 될 것입니다.

11. 행복은 절대로 삶의 목적이 아니야.

나를 중심에 두되,
너와 우리가 함께 있어야 더 행복해진다.
행복은 혼자 가질 수 있는 게 아니다.

모든 생물에게 가장 중요한 것은 생존입니다.
생존을 위해 절실하게 필요했던 것이 행복이었습니다.
행복하기 위해 살아가는 것이 아니라,
살기 위해 행복한 것이었습니다.
행복은 삶의 수단인 것이죠.

그리고 그 행복의 중심에 '나'가 있고,
'나'가 생존하기 위해, '우리'가 필요했던 것입니다.
그것은 '나'에도 그러하고,
'너'에게 그러하고,
'그들'에게도 그러합니다.
함께 하는 것이 행복의 기초가 됩니다.
무엇보다 중요한 '나'를 위해
'너'와 '그들'의 존재도 함께 소중합니다.

나를 중심으로 두는 것이 행복을 만날 가능성이 커집니다.
나의 생존이 중요하므로. 나를 중심으로 생각하다 보면,
나의 결과가 타인에게 어떻게 영향을 주며,
상호작용하는지에 관해서도 관심을 갖게 됩니다.

'너'와 '그들'도 중요하므로 결국 나를 실현해 가는 것,
그래서 타인과 좋은 상호작용을 하는 것이
행복을 더욱 크게 만들어 줍니다.

나의 오늘을 위한 실천 문장

나를 중심에 둔다는 것을 '이기성'과 혼동하지 않기로 하지요.
남과 비교하여 자기를 낮추는 생각을 하지 않기로 하지요.
나에게 기준을 두고, 나의 성장을 위해
하루에 한 가지, 한 번씩, 박수 쳐 주세요.
그리고 그 성장이 '사람들'에게
선한 영향력을 뿌려가는 나의 모습을 그려가 보세요.

12. 문제는 행복의 크기가 아니야!

행복은 크기보다 횟수가 중요하다.
자주 웃고 자주 감사하면, 그게 가장 큰 행복이다.
큰 기쁨만 기다리지 말고,
오늘의 작은 기쁨부터 놓치지 말자.

삶의 목적이 행복이 아니듯,
행복에서 가장 중요한 사항은
행복의 크기가 아니었습니다.
행복에서 가장 중요한 것은 '빈도(얼마나 자주)'였습니다.

'1등', '합격'과 '결혼' 등,
어마어마한 크기의 행복도 존재합니다.
하지만 진정 행복하게 하는 것은
위의 세 가지 행복만 존재하는 삶이 아니라,
매일 매일 느끼는 소소한 행복 체증의 삶입니다.

커다란 행복과 자그마한 일상의 행복을
자주 느끼려는 노력이 중요합니다.
커다란 자갈 사이에 자그마한 모래를 채우듯이
삶의 빈틈을 다양한 크기의 행복으로 채우며,
'빈도'를 높여 가는 것이 중요합니다.

그러므로 추상적으로 마음가짐을 바꾸어
행복을 느끼는 것은 생각보다 쉽지 않습니다.
행복을 유발하는 순간을 늘여가야 합니다.
작은 목표를 정하고, 성취하는 것이 가장 쉬운 시작입니다.

📖 나의 오늘을 위한 실천 문장

자그마한 목표를 정해보세요.

매일 팔굽혀펴기를 2개씩 해보기.

부모님께 하는 등교 인사를 '감사' 인사로 바꾸기.

소소하게 변화를 줄 수 있는 일이 많이 있습니다.

실천 기간이나 횟수를 정해보시고, 성취해 보세요.

그리고 기록하세요. 조그마한 행복 모으기가 시작될 것입니다.

13. 나부터 아껴주세요.

먼 훗날을 위해 오늘의 나를 아껴주자.
지금 나를 잘 돌보는 게,
내일의 평온을 준비하는 길이다.

지금 학교에 다니고, 공부하고, 직장에 다니며,
자신을 계발하며 노력하는 것은
어쩌면 먼 훗날 우리의 삶을 더 평온하고,
안전하게 하고자 하는 준비일 것입니다.
그리고 그 준비 후의 시간이
점점 길어지는 시간에 살아가고 있습니다.

그렇게 시간이 지나, 먼 훗날, 나이가 아주 많아지면,
분명히 많은 것이 바뀌겠지만,
우리의 미래에는 많은 부분,
젊은 시절과 비슷하게 무게를 감당하면서 살아갈 듯 보입니다.
어르신들의 말씀이 그러합니다.
그러니 젊은 날의 나를 열심히 아껴주도록 하지요.

나의 몸도, 나의 마음도
진심으로 아껴주고 키워가 주세요.
아주 먼 훗날도 지금처럼 활력 있고,
재미있고, 더욱 행복해지기 위해,
지금 최선을 다하여 자신을 키워가 주세요.

자기 몸과 마음에 좋은 것을 주세요.

📖 나의 오늘을 위한 실천 문장

우선 몸에 좋은 것을 주면, 마음도 좋아집니다.

건강한 몸이 가장 중요합니다.

숏츠 영상 10개 분량의 시간을 운동으로 대체해 보세요.

하루 10분 줄넘기, 하루 20층 계단 오르기,

하루 10분 전속력 달리기 등등.

짧은 시간이라도 건강한 몸을 위해 마음을 써보세요.

건강한 몸이 건강한 마음을 만들어 줍니다.

건강한 마음은 멋진 행복을 약속해 줍니다.

14. 남들에게 기회를

감사는 행복의 문을 여는 열쇠이다.
주고받는 모든 도움 속에 감사할 줄 알면,
그 자체가 행복이다.

행복의 시작은 감사일 것입니다.
감사는 나의 삶을 가능하게 만들어 주는
모든 존재에게 가능합니다.

가장 자주 느끼게 되는 것은
다른 사람으로부터의 도움입니다.
그리고 돌려 생각해 보면
내가 그들을 도울 수 있는 기회를 얻게 되는 것과
나아가 그들이 나를 도울 수 있는 기회를 주는 것도
모두가 감사할 일이 될 수 있습니다.

세상은 온전히 독립된 형태만 살아갈 수는 없습니다.
절대로.
그러므로 도움을 받고,
도움을 주는 것에 익숙해져야 합니다.

그리고 그 모든 순간에 감사의 마음을 가지면,
그 자체로 행복이 가까워집니다.

📖 나의 오늘을 위한 실천 문장

내가 남에게 도움을 주는 것과
남이 나에게 도울 기회를 주는 것에 대해 균형을 맞추어 보세요.
하루에 한 가지씩, 나와 남에게 기회를 주어보세요.
나와 함께하는 모든 사람이 더불어 성장할 수 있을 것입니다.
나에게뿐만 아니라 함께하는 친구와 동료들에게도
복리로 커가는 행복을 만나게 될 것입니다.

15. 누가 가장 널 사랑하지?

내가 나를 따뜻하게 안아줄 때,
남도 따뜻하게 바라볼 수 있다.
나를 지키는 마음이 있어야, 남도 미워하지 않고
있는 그대로 받아들일 수 있다.

모든 사랑의 시작은
나를 사랑하는 것으로부터 출발합니다.
나를 존중하는 것으로부터 타인에 대한 존중이 살아나듯,
사랑도 그렇습니다.

나를 사랑하고, 나를 사랑해 주는
사람들에게 관심을 기울이며,
사랑을 나누어 주면 됩니다.
이기심과는 다른 것입니다.
모든 사랑을 얻으려 하지 않아도 됩니다.
다름을 인정하며, 무심해져도 됩니다.

나 자신을 사랑하는 것과
나를 사랑해 주는 사람들과 행복을 나누는 것은
놀랍게도, 나를 좋아해 주지 않는 사람들과도
행복을 나누게 해줍니다.
내가 타인에게서 나를 단단히 지켜 갈 수 있어야,
타인에게 적개심이 아닌,
평온한 '인정'을 가질 수 있기 때문입니다.

내가 행복해야 타인의 행복에 대하여
여유도 가질 수 있게 됩니다.

나의 오늘을 위한 실천 문장

나에 대한 사랑을 어떻게 시작할까요?

나의 장점을 하루에 하나씩 적어가 보세요.

100일 동안 한 가지씩 생각해 보세요.

20일쯤 지나면 어렵게 느껴질 수도 있지만,

앞으로 갖게 될 장점도 하나하나 생각해 보며, 적어가 보세요.

나의 장점으로 나에 대한 사랑을 시작하고,

자신감으로, 나아가 남을 인정하고 바라볼 여유도

가져 보는 겁니다.

16. 빨리 어른이 되면 좋겠다.

고된 시간이 있다는 건,
그만큼 따뜻한 순간도 있다는 뜻이다.

어른이 되기 전에 보내는 시간,
어른이 되기 위해 준비하는 시간이 너무도 험난합니다.
이제는 유치원 시절조차도 제법 힘이 들어가는 시작을 한다고 합니다.
초등학교도 유치원 시절을 추억할 만큼 힘들고,
중학교부터 만나는 시험 준비도 힘듭니다.
인생에 전부일 것 같은 대학을 준비하는
고등학교 시절은 인생에 이렇게 험한 시간이 있을까 싶게 힘듭니다.

그런데 어른이 되어보니 더 힘든 것이 사실입니다.
아주 명확한 사실!
그래도 어른들이 열심히 잘 살아가는 것은
어른들은 '행복의 근거'를 찾고 느끼기 때문입니다.
어릴 때 몰랐던 어려움을 만나고,
정말 '죽을 것' 같은 실패를 맛보기도 하지만,
가족과 함께하는 시간 속에
행복이 어려움의 시간보다
훨씬 크다는 것을 알고 있기 때문입니다.

삶의 힘든 순간은,
행복한 순간을 위해 존재하는 것입니다.
어쩌면 두 순간은 서로를 위해
존재하는 것인지도 모릅니다.
이것을 빨리 깨달을 사람이
조금이라도 더 행복한 순간을 많이 만나게 되지 않을까요.

📖 나의 오늘을 위한 실천 문장

조금 먼 미래의 모습을 그려 보세요.

스물다섯 살, 서른 살, 서른다섯 살…

이즈음에 나는 무엇을 하고 있을지 그려 보세요.

만들고 싶고, 되고 싶은 것을 그리면 좋습니다.

정말로 그림을 그려 보세요.

AI에게 상상하는 모습을 그려달라고 하셔도 됩니다.

아주 인상적인 장면을 5년 단위로 가지고 있어 보세요.

그리고 가끔 확인하세요.

삶이 내가 그린 그림대로 흘러가는 것을 만나게 될 것입니다.

17. 베프는 나의 힘

좋은 벗 하나가 인생을 기댈 큰 기둥이 된다.
기쁨은 나눌수록 커지고,
괴로움은 나눌수록 가벼워진다.
함께 걷는 친구가 곧 행복의 길이다.

삶을 살아가는데
친구는 너무도 소중한 존재입니다.
적으면 적은 대로, 많으면 많은 대로
삶을 풍성하게 해줍니다.

사람의 한자인 '인(人)'은
사람이 기대어 서 있는 모습이 기원이라 합니다.
인간은 혼자서는
절대로 살아갈 수 없는 존재인 듯합니다.

그러므로 어린 시절부터
'진정한 벗'을 찾는 것은
행복으로 가는 길이 될 것입니다.

친구와 소통하며
어려움과 기쁨을 함께할 수 있습니다.
어려움은 나눗셈의 삶이 될 것이고,
기쁨은 곱셈의 인생이 될 것입니다.

좋은 벗들,
나와 결을 같이하면서도
나를 크고 멀리 확장해 줄 친구들을 만나가면서
진솔한 사귐을 찾아보세요.

나의 오늘을 위한 실천 문장

친구와 진솔한 대화를 나누며 서로의 감정을 공유해보세요.
먼저 상대방의 말을 세심하게 듣고 공감하는 태도를 가져봅니다.
영화 보기, 운동, 보드 게임 등
친구와 함께 시간을 보내는 것도 좋습니다.
가끔 편지를 쓰거나 카드를 만들어
친구에게 감사의 마음을 전해보세요.
카톡의 몇 마디보다는 더욱 '큰소리'로
여러분의 마음을 전해 줄 것입니다.

18. 아름다운 나, 나다운 나

아름다움은 남과의 비교가 아니라,
나를 나답게 받아들이는 데서 시작된다.
어제보다 한 걸음 나아간 나,
그게 진짜 성장이고 진짜 행복이다.

'아름드리' 나무가 있습니다.
내 품에 가득 안기는 크기를 가진 나무입니다.
아름은 나만큼을 가리킵니다.
그래서 '아름답다'라는 말은 '나답다'는 말입니다.
'나'다운 것을 아는 것이 아름다움의 시작입니다.
행복은 나 자신을 인정하고, 받아들이는 것으로 시작합니다.

남과의 비교에서 벗어나, 자신을 바라보아야 합니다.
비교의 대상은 역시 나 자신입니다.
어제의 나와 오늘의 나를 비교하는 것은
정말 소중한 성장의 기준입니다.

나의 장단점을 인정하고 받아들이는 것이
그 상태로 그대로 성장을 멈춘다는 것이 아닙니다.
나의 행복을 바라보면서,
어제보다 하나라도 나은 나를 만들어가고,
어제보다 나은 내가 다른 사람, 사회, 나라, 세계에
이바지하게 되는 것이 진정한 삶의 의미가 될 수 있지 않을까요.

남과 비교하지 말고,
자기 행복을 널리 세상에 펼쳐 보세요.

자신의 장점을 적어 보는 시간을 가지세요.

감사 일기를 쓸 때 자신의 장점에 감사하는 것도 매우 좋습니다.

무엇보다 SNS 사용을 줄여보세요.

남과 비교하려는 마음이 줄어들 겁니다.

자신의 성장에 도움이 되는 취미를 찾아 1인 1기 만들어 보세요.

(예: 악기, 독서, 요리, 운동)

학교 동아리도 좋습니다.

명상법을 찾아, 내면과 연결되는 연습,

자신을 들여다보는 연습을 하게 된다면,

인생 최고의 선물이 될 것입니다.

19. 행복은 멀리 가면 있다.

여행은 삶에서 한 걸음 물러서
볼 수 있는 여백이다.
멀리 가지 않아도 괜찮다.
낯선 길 하나만 걸어도,
마음이 환기될 것이다.

여행은 언제나 희망을 안겨 줍니다.
즐거움이 있고, 여유가 있습니다.
그곳에는 생활이 없기 때문입니다.
눈앞에 걱정이 사라진 타조처럼 지낼 수 있는 곳이 됩니다.

삶을 성찰하기도 하고,
새로운 생각을 얻어 오기도 합니다.
그래서 여행이 필요하기도 합니다.

여행이 현실의 복잡함과 어려움에
거리를 만들어주고,
그 거리감 속에서
새로움과 희망을 얻어 가는 것입니다.

작은 여행으로 그 거리감을 만들 수 있습니다.
매일 접하는 공간, 집, 학교, 학원에서
조금은 멀리 떨어진 새로운 공간을 찾아,
그곳에서 새로움을 만끽해 보는 겁니다.

시간과 힘이 조금 들어가더라도,
자그마한 여행의 느낌을 만들어 보세요.

📖 나의 오늘을 위한 실천 문장

익숙한 공간에서 제법 거리가 있는
조금은 생경한 카페, 공원, 도서관 등을 찾아보세요.
이동 시간이 들고, 에너지도 필요하지만,
적당한 거리감이 지친 일상을 벗어날 수 있는
미니 여행으로 만들어 줄 겁니다.
새로운 생각과 노력의 다짐을 얻어 올 수 있을 것입니다.
자그마한 행복을 찾기 위해, 자그마한 여행을 해보세요.

20. 새벽은 어떻게 생겼을까?

하루를 일찍 여는 사람은,
남들보다 조금 더 인생을 깊이 살아간다.
새벽의 고요함을 마주한 날은,
내 안의 고요도 함께 깨어난다.

하루의 시작이 빠르면
그만큼 삶을 더 살 수 있습니다.
하루의 마무리가 너무 늦어지면,
삶이 더 무거워질 수 있습니다.
적절한 균형이 필요합니다.

좋은 시간에 잠에 들고,
좋은 시간에 일어나 하루를 맞이하면,
생생한 삶의 순간을 더 많이 향유할 수 있습니다.

그래도 가끔, 아주 일찍 하루를 시작해 보세요.
여명이 시작되기 전 새벽의 향기가 해를 머금으며
따듯한 향으로 바뀌는 경쾌함을 느낄 수 있을 거예요.
그런 경쾌함을 느낄 수 있으면,
세상을 향해 우뚝 선 사람들의 마음이 이해될 겁니다.

새벽 별이 지기 전에 하루를 시작하여,
밤에 뜨는 별을 맞이하며,
돌아오는 하루는,
세상 누구보다 열심히 보낸 나에게
큰 자신감을 선물해 줍니다.

나의 오늘을 위한 실천 문장

가끔 아주 일찍 하루를 시작해 보세요.

공기가 좋은 날을 골라, 휴일이면 더 좋겠지요.

새벽의 향기를 맡으며 깊은 호흡을 해보세요.

여명이 지나, 밝은 해가 세상을 비출 때,

다시 깊은 호흡을 하며 향기를 맡아보세요.

그리고 하루가 끝나, 밤 별이 뜰 때까지

한 가지 일에 '몰입'해 보세요.

전국의 누구도 나보다 더 '꽉 찬' 하루를 보낼 수는 없다는

느낌을 얻어 보세요.

행복한 충만감에 세상을 얻은 듯합니다.

"마음은
고요 속에서
내 소중함을 깨닫고,
매일의 순간을
더 따뜻하게
살아가게 하는
내 안의
작은 우주이다."

오미진 작가

PART Ⅱ
너의 '마음'을
응원해!

21. 3분만 내 마음 챙기기

고요함을 피할수록 마음은 더 시끄러워진다.
잠시 멈춰 나를 바라볼 때,
비로소 평안함이 찾아온다.

우리가 자기 내면을 바라보는 데 어려움을 겪는 이유는
자신의 감정을 이해하고 받아들이지 못하는 것을 나타내며,
고요한 상태에서 자신을 돌아보는 대신
외부의 자극이나 활동에 의존하기 때문입니다.

이에 따라 우리는 종종 자신을 잃고,
외부의 소음에 휘둘려
정신적 안정이 결여되는 상황에 놓이게 됩니다.

많은 사람들은 혼자 있는 것에 대한
두려움이나 불안으로 인해
내면 탐구를 회피하는 경향이 있습니다.

그러나 이러한 회피를 극복하고 내면의 평화를 찾기 위해
성찰의 시간을 가지며 고요함을 유지한다면,
우리는 지금보다 더 큰 평안함을 느낄 수 있습니다.

이를 통해 우리는 진정한 자기 이해와 성장을 이룰 수 있습니다.

📖 나의 오늘을 위한 실천 문장

바쁜 일상에서 한 번씩 걸음을 멈추고
눈을 감고 호흡 연습을 해보세요.
깊고 규칙적인 호흡 연습을 통해
긴장을 완화하고 마음을 안정시킬 수가 있습니다.
그리고 매일 3분 정도 눈을 감고,
내 감정을 바라보고 느껴 보세요.
지금보다 평안해지는 자기 모습을 느낄 수가 있을 거예요.

22. 의도적으로 혼자 있기

매일에 쫓기다 보면,
지금의 아름다움을 놓치기 쉽다.
꿈을 향해 가는 길에도,
오늘의 따뜻한 순간만은 꼭 잡고 있기를

우리는 일상에 쫓기다 보면
주변의 소소한 아름다움을 잊기 쉽습니다.

하지만 예술가들은
새가 날아가는 순간, 해가 떠오르는 경치,
아이들을 지켜보는 어머니의 따뜻한 표정을 세심하게 포착합니다.
이는 그들이 그 순간에 온전히
정신을 열고 있기 때문일 것입니다.

현재에 집중하는 것이야말로 진정한 고요이며,
만약 우리가 이 순간에 고요하지 못하고
마음이 닫혀 있다면,
사실상 현재를 제대로 살아내지 못하는 것입니다.

따라서 우리의 모든 감각을 활용해
현재를 깊이 이해하고
경험하는 삶을 살아가는 것이 중요합니다.
지금의 모습이 우리가 꿈꾸던 모습이 아니더라도,
현재의 아름다운 순간을 놓치지 않기를 바라며,
꿈을 향해 나아가는 과정에서도
소중한 일상과 순간들을 낭비하지 않기를 기도합니다.

의도적으로 혼자 있는 시간을 계획해 보세요.
이 시간을 통해 자신을 돌아보고
내면의 목소리에 귀를 기울여 보세요.
그리고 일상에서 현재의 감각에 집중하는 연습을 해보세요.
음식을 먹을 때 그 맛과 향을 느끼고,
걷는 동안 발이 땅에 닿는 느낌을 느껴보세요.
산책하면서 주변의 소리와 풍경을 느끼고,
그 순간에 집중을 해보세요.

23. 나의 감정에 이름을 지어 붙이다.

마음속엔 이름 모를 감정들이 머물고 있지만,
그 감정에 이름을 붙이는 순간,
내 마음을 더 잘 이해할 수 있다.

사람의 마음이란 곳에는
누구나 자신만의 기억들이 쌓이고,
오롯이 자신만이 알고 있는 공간이 생겨납니다.

이 공간에는 복잡하고 다양한 감정들이 자리 잡고 있어요.
기쁨, 슬픔, 분노, 두려움, 기대감, 좌절감 등의
여러 감정이 하루에도 여러 차례 생겼다가 사라지곤 합니다.

따라서 감정을 이해하기 위해서는
감정이 왜 생겼는지, 어떤 상황에서 발생했는지를
생각하고 고민해 봐야 합니다.
이때 가장 좋은 방법은 감정에 이름을 붙이는 겁니다.

내면의 느낌을 가장 잘 나타내는 이름을 찾게 된다면,
애매하게 뭉뚱그렸던 감정을 명확하게 설명할 수 있으니까요.

감정을 잘 바라보고 이해하고 이름을 붙이는 것만으로도
내 마음을 돌볼 수 있고,
또한 건강한 대인관계를 형성하는 데 도움을 주게 됩니다.

나의 오늘을 위한 실천 문장

내 마음속에 생기는 여러 가지 감정을 있는 그대로 느껴보세요.
그리고 가장 비슷해 보이는 단어들을 떠올리고,
가장 비슷한 단어를 찾아서 이름을 붙여줍니다.
예를 들어 '오늘 기분이 엉망이야!', '괜찮아!',
'미치겠어!' 같은 두루뭉술한 표현이 아닌
조금 더 구체적인 표현을 해보는 건 어떨까요?

24. 너무 화가 날 때, 어떻게 할까요?

폭주하는 감정의 기차를
스스로 멈추게 할 수 있다면,
비로소 더 현명하고 우아한 내가 될 수 있다.

때때로 일상생활에서 어려움을 경험하게 됩니다.
친구와의 관계에서 또는 가족 간에도
기분 상하는 일이 생기기도 합니다.

그럴 때, 어떻게 해야 할까요?
그냥 무한열차같이 멈추지 않고
감정의 철로 위에 기차가 달려가게 할까요?

당연히 아닙니다.
우리는 충분히 그 열차를 멈춰 세울 수가 있습니다.

곤란한 상황에 직면했을 때,
혹은 친구와 다툴 때도 스스로 기차를 멈춰보세요.
절제된 감정으로 상대에게 훌륭한 매너를 보여줄 수 있습니다.
더욱 신뢰할 수 있는 사람으로 보이는 건 덤입니다.

감정을 조절할 줄 아는 사람은
지금보다 더 높은 장애물을 만나더라도
현명하게 이겨낼 수 있는 힘을 갖게 됩니다.
더 멋지고 우아하게 상황을 이겨내는 내가 될 수 있죠.

나의 오늘을 위한 실천 문장

오늘이나 내일 화가 날 것 같나요?

생각하면 화가 나는 일이 있나요?

그럴 때마다, 마음에 큰 숨을 한번 불어넣어 보면 어떨까요?

활활 타올랐던 마음속 불꽃들이

생각보다 빠르게 사그라지는 경험을 할 수 있을 거예요.

25. "그래, 그럴 수도 있지 뭐."

스트레스를 이기려 애쓰기보다,
잠시 지켜보자.
흔들리는 마음에도 괜찮다고 말해줄 수 있을 때,
다시 걸을 힘이 생긴다.

우리는 각자의 방식으로
고군분투하면서 살아가고 있습니다.

즐겁게 시작했든, 자신의 발전을 위해 시작했든,
여러 가지 이유로 스트레스라는 것을 받고 살아가고 있어요.
그런데, 이 스트레스라는 것을 어떻게 다루는 것이 좋을까요?

스트레스는 형체가 없어 물리적으로 무찌를 수가 없습니다.
또한 스트레스의 크기가 어느 정도인지
가늠하는 것이 중요하지 않아요.

내가 얼마나 스트레스를 껴안고
나의 기분을 망치고 있는가를 생각해 본다면,
스트레스를 참고 이겨내는 것보다
어쩌면 잘 피하는 것이 답이 될 수 있어요.

내 삶에 크고 작은 폭풍이 일어나
내 마음이 힘들어질 때는 한 발짝만 떨어져 보아요.

관망하는 태도로 몸에 힘을 빼고,
그 사이를 걸어가는 겁니다.

힘든 순간을 견딜 때,
유독 나를 힘들게 하는 사람이 나타났을 때,
마음속으로 주문을 외워보세요.
"그래, 그럴 수도 있지 뭐."

26. 나를 어수선하게 하는 속임수, 조급함

모두 같은 시간 속에서,
각자 다른 속도로 살아간다.
남과 비교하지 않고, 내 속도를 이해할 때
비로소 마음이 편해진다.

나만 뒤처지는 것 같은 느낌이 들어 초조해질 때가 있어요.
다른 사람들은 쉽게 성공하는 것 같고, 나만 제자리인 것 같은
그런 느낌에 답답하며 혼자서 힘들어할 때가 있습니다.

그런 상태가 고정값도 아닌데,
고정될 것 같은 불안감에 휩싸이기도 하지요.
어떤 때는 긴장된 상태로, 또 어떤 때는 날카로운 상태로
내 자신에게 그리고 타인에게
나의 민낯의 기분 상태를 그대로 드러내기도 하지요.

누구나 각자의 궤도 안에서 자신의 속도로 살아갑니다.
태양계 안에 지구라는 행성 위에서 말이죠.
우리가 살고 있는 지구는 하루에 한 번 자전이란 것을 하고 있어요.
태양에 가장 가까운 수성은 58일에 한 번 자전이란 걸 하고요.
목성은 9시간 50분이면 한 바퀴를 돌아요.
우리는 모두 같은 시간이지만, 다른 속도로 살아가고 있다는 것이죠.

내가 수성인데 목성처럼 빨리 회전하지 못한다고
스스로를 탓하는 것이 괜찮은 걸까요?
남들과 비교하는 대신, 나만의 속도를 이해하고
받아들이는 것이 중요하지 않을까요?
내가 살아내고 있는 나의 속도는 어떠한가요?

📖 나의 오늘을 위한 실천 문장

남들과 비교하지 않고
내가 원하는 목표를 설정하세요.
그 목표를 나의 속도로 내가 원하는 방향으로
한 걸음씩 걸어가 보세요.

27. 평범한 일상이 곧 인생의 전체이다.

비범함은 특별한 재능이 아니라,
평범함을 오래도록 쌓은 결과다.
매일의 노력이 쌓여,
어느 날 문득 놀라운 나를 만든다.

누구보다 더 나은 인생을 바라는 것은
보통의 사람이 갖는 평범한 마음일 겁니다.
그래서 우리는 때때로 비범한 능력을 갈구합니다.

그런데 그 비범함이란 무엇일까요?
타고난 재능일 수도 있지만,
이런 경우는 정말 극소수에 해당할 겁니다.
대부분 성장 과정에서 빚어진 거라 할 수 있겠지요.
실제, 뛰어난 재능을 보이는 많은 능력자들에게 질문을 하면,
누구보다 엄청난 노력을 했다고 합니다.

결국 비범함은 평범함의 누적 속에서
적체되고 빚어지는 밀도 높은 평범함이라고 할 수 있습니다.

호떡을 1분에 100개를 빚는 호떡 장수,
귀신같은 솜씨로 솜사탕을 빚어내는 솜사탕 장수,
외줄 타기에 능한 멋쟁이 광대들도 평범한 일상의 노력으로
지금의 비범한 모습을 펼쳐낸 것처럼 말이죠.

따라서 비범함은 우연도 순간도
태생적 재능이 아니라 할 수 있습니다.
평범한 일상이 압축되어 표현되는 예술입니다.

나의 오늘을 위한 실천 문장

일상이 재미없고 지루한가요?
하지만 그런 평범한 일상이 모여
우리의 비범함을 이루어갑니다.
문제를 풀고 채점할 때,
작은 소리로 나의 노력을 칭찬해 보세요.
분명 '비범함' 한 스푼이 추가되는 순간이니까요.

28. 사소한 것이 전부를 표현한다.

작은 것이 큰 것을 흔든다.
사소한 행동 하나가 나를 만들고,
내 삶을 바꾼다.

거대한 것과 사소한 것은 어떤 차이가 있을까요?
아마도 그것이 주는 결과의 크기
혹은 그것이 실제 생활이나 마음에 미치는
영향력의 차이로 생각할 수 있습니다.

그런데 때로는 사소한 주장이 전체의 논리를 무너뜨리거나
작은 문제가 전체에 영향을 미치는 경우를
종종 발견할 수 있습니다.

버스를 탈 때 작은 벨을 누르면
큰 버스가 멈추는 신호가 되기도 합니다.
작은 컴퓨터용 사인펜으로 몇 번씩 표시하는
답안의 작성이 나의 성적에 크게 영향을 주기도 하지요.

사소한 것은 작은 것, 부족한 것이 아닙니다.
사소하게 작은 것이 때로는 큰 것에 영향을 미치곤 합니다.
사소한 생각이나 부주의함 때문에 큰 곤경에 처하게도 하지요.

사소한 행동 하나하나가 그 사람의 인격을 만들어갑니다.
작은 몸짓, 손짓 하나하나가 그 사람을 표현하는 행동이니까요.
타인을 의식하지 않고 자기의 행동을 스스로 돌아보는 것도
하나의 성장 방법이라는 생각이 듭니다.

나의 오늘을 위한 실천 문장

나의 걸음걸이는 어떤가요?

나의 말들 속에는 어떤 좋은 점들과

어떤 부족함이 있는지 한 번 생각해 볼까요?

내가 어떤 사람인지, 내가 가진 사소한 것들이

무엇인지 한번 속으로 말해봅시다.

그러면 더 나은 나를 발견할 수 있습니다.

당신의 사소한 생각 속에서

더 멋진 당신이 이미 살고 있으니까요.

29. 너와 내가 찾을 수 있는 행복은 바로 이것

행복은 거창한 미래가 아니라,
발밑에 자라는 작은 풀이다.
지금 숨 쉬는 이 순간,
내 앞의 소소함 속에 행복이 숨어 있다.

우리는 행복해지고 싶습니다.
때로는 그것이 목표나 목적이 되기도 하고
때로는 그것이 실현되는 과정이 인생이길 바랍니다.
그래서 행복은 진행형이면서 미래형이고
현재형이면서 과거형으로 작동하는 몇 안 되는 명사입니다.

그런데 그 행복은 어떤 모습으로 펼쳐질까요?
때로는 너무나 커다란 관념이란 생각이 들고,
때로는 막연한 추상성에 숨어 있는 안개 같은 느낌이 듭니다.

그러나 행복은 희미한 안개가 아니라
바로 발 앞에 보이는 작은 풀 하나같은 것입니다.
바로 고개 숙이면 내려다보이는 것,
작은 초록의 풀잎 하나에서 전해지는 싱그러움,
안개 속이라 더욱 청초하고 싱그런 풀 한 포기가
행복이란 생각이 듭니다.

내 앞에 있는 친구들, 내가 듣고 있는 음악 소리,
내가 적고 있는 글자들, 내가 한 번 마실 수 있는 음료수,
이 모든 것들이 우리의 행복이란 점을 떠올려 보세요.

행복은, 행복한 것은 상황이나 상태가 아닙니다.
나와 다른 누구, 나와 다른 어떤 것,
그 사이에서 찾아내는 아주 쉬운 보물찾기라는 걸 기억해 주세요.

나의 오늘을 위한 실천 문장

행복은 세상에서 가장 쉬운 것입니다.

오늘 먹는 소소한 식사나

오늘 마주한 못생긴 친구들의 얼굴과 말소리에서

혹은 춥고 어두울 때 생각하는 작은 희망도

우리에게 행복으로 다가옵니다.

결국 행복은 찾아내는 것입니다.

내가 행복한 이유, 한 가지만 생각해 보아요.

분명히 당신은 행복한 사람입니다.

30. 내가 하는 일이, 내가 하는 공부가,
내가 되는 마법

공부는 나를 더 깊고 단단하게 만드는 일이다.
지금의 배움이, 내일 더 멋진 나로 이끄는
가장 든든한 길이다.

공부도 일이랍니다. 우리는 학생이니까요.
공부를 재미있는 놀이라고 생각하면 좋겠지만
놀이로 받아들이기에는 가끔은 벅찬 느낌이에요.
그래서 우리는 배움이라는 일을 하는 것이지요.

일을 한다는 것을 어떻게 받아들여야 할까요?
미래를 위한 투자? 좋은 직업을 갖기 위한 노력의 과정?
모두 맞는 말들일 것입니다.
그런데 그 일을 통해 우리가 더 인간적으로 성숙해지고,
더 큰 행복을 알 수 있는 멋진 사람이 되어간다는 것도
함께 기억하면 좋겠습니다.

일을 하면서, 공부하면서 우리는 더 깊은 이해를 하게 됩니다.
사회와 사람, 역사와 철학
그리고 과학과 수학을 알아가게 됩니다.
모든 학문은 학자들 삶의 흔적이기에
공부를 통해 더 많은 사람들의 깊은 생각을 알아가게 됩니다.

그렇게 한 걸음 한 걸음 나아가는 우리의 일들, 우리의 공부는
더 멋진 나로 나아가는 훌륭한 동반자임은 틀림없을 겁니다.

📖 나의 오늘을 위한 실천 문장

오늘 공부한 내용에 등장하는 어떤 한 사람을 찾아볼까요?
이 사람은 어떤 일을 했기에 우리에게 소개되는 것일까요?
지금 하는 일, 지금 하는 공부에 깊은 애정을 가져보세요.
내가 하는 공부가 나를 만들고 있으니까요.

31. 나는 판단의 대상이 아닌 공감의 대상이다.

나를 몰아붙이기보다,
내 마음을 다독여줄 수 있어야 한다.
스스로에게 따뜻할 때,
삶은 훨씬 단단하고 부드러워진다.

목표가 높고 이뤄야 할 것에 대한 기대치가 높은 사람일수록,
자신에게 엄격하고 다른 사람에게 관대한 경우가 있어요.

자신을 쉼 없이 공격한다면,
외부의 시련과 고난을 이겨내기 어려울 겁니다.
혹시, 스스로를 '자기 판단'으로 엄격하게 다그치고 있지는 않나요?

우리에게는 '자기 판단 self-judgement'가 아닌,
'자기 공감 self-compassion'이 필요합니다.
나 자신의 고통을 조금 덜어주려 하는 마음을 느끼고
보듬고 공감해야 하는 것이죠.

자신에게 비판적일 때,
뇌는 위협과 방어체계로 전환되어
신체를 긴장하게 하고 스트레스 호르몬을 넘치게 한답니다.

'자기 공감'을 많이 하는 사람일수록
부정적인 사건에 반응하는 강도가 약하고,
어려운 상황에 대처 능력이 탁월하다고 해요.
즉, 삶의 만족도가 높아질 수 있다는 것이죠.

'자기 판단'만 하지 않고,
'자기 공감'하는 시간을
하루에 한 번은 갖도록 해요.

32. 자기돌봄이 필요하다.

나를 돌보지 않고는,
누구도 제대로 돌볼 수 없다.
내 숨부터 고르고 나서야,
누군가의 숨도 지켜줄 수 있다.

우리는 원하든 원하지 않든 해내야 할 일들이 있고,
만나야 할 사람들이 있고, 삶의 주기에 따른
역할이란 것을 해내며 살아가고 있어요.
참 바쁜 시간을 보내고 있다는 것이죠.

그렇다고, 자신을 돌보는 시간을 뒤로 미루지는 마세요.
바쁘고 시간이 없다는 이유로,
더 중요한 일들이라고 생각하는 것들을 하기 위해서 말이죠.

우리는 어린 시절부터 스스로 혹독하게 훈련하고 희생하고
견뎌내는 것이 성공하는 방법이라고, 들으며 자라왔을 거예요.

그런데, 자신을 아끼지 않는 사람이,
자신을 돌보지 않는 사람이
진정 다른 사람을 아끼고 돌볼 수가 있을까요?

우리는 비행기를 탈 때마다
이런 항공 안전 지침을 들어봤을 거예요.
산소마스크는 내가 먼저 착용한 후에
다른 사람의 산소마스크 착용을 도우라는 지침 말이에요.

스스로를 잘 돌보는 사람은
분명 자신을 사랑하고 비난 하지 않으며
다른 사람을 돌보며 아껴줄 수가 있어요.

나의 오늘을 위한 실천 문장

나를 위해 미뤄온 일이 있나요?
나를 위해 가장 중요한 것이라고 생각하는
한 가지를 바로 해보는 겁니다.

33. 끊임없이 스스로에게 물어보자.

가장 좋은 상담자는
결국 나 자신이다.
내 마음과 충분히 대화할 때,
내 삶의 길도 또렷해진다.

중요한 결정을 해야 할 때 누구와 상의하나요?
부모님이나 선생님 혹은 친구들이 떠오를 겁니다.
앞서 경험한 분들이나 비슷한 상황에 있는 사람들은
훌륭한 상담자가 되기도 하니까요.
특히 나에게 애정 있는 사람들이라면 더욱 그럴 겁니다.

그런데 더 중요한 상담자가 있다는 사실을 알고 있나요?
그 사람은 바로 자기 자신입니다.

내가 정말 무엇을 원하고 있는지,
내가 예측할 수 있는 일들인지,
얼마나 가치 있는 일인지,
누구보다 먼저 나 자신과 이야기를 나눠보세요.
진지한 태도로 깊이 있는 상담을 나눌 수 있을 겁니다.

내 삶에 대한 나의 결정은 바로 나 자신에게 영향을 줍니다.
그래서 나 자신과의 온전한 소통이 이뤄진 이후에
세상과 소통하기를 희망합니다.

내 인생이 나의 것인 것과 마찬가지로
그 책임과 행복 역시 나의 것이니까요.

나의 오늘을 위한 실천 문장

오늘 딱 하나만 나 스스로 결정해 보면 어떨까요?

자 저녁 메뉴를 선택해 보는 겁니다.

가장 먹고 싶은 것을 골라보세요.

(단. 친구에게 뭘 먹고 싶은지 물어보지는 않기로 해요.)

34. 세상의 모든 것들은 마음에서 시작되었다.

마음으로 그려야 현실이 된다.
꿈꾸는 사람만이,
꿈같은 삶을 살 수 있다.

우리가 보고 듣는 모든 것들이 자연물이 아니라면,
완벽한 공통점이 하나 있습니다.
바로 누군가에 의해서 만들어졌다는 것입니다.

세상에 존재하는 모든 인공물은
결국 누군가의 생각 결과물들입니다.
또, 그러한 생각이 들게 하는
마음의 결과물이라고도 할 수 있지요.

대부분의 인생은 자신이 마음에 그린대로 펼쳐집니다.
확실한 것은 무엇을 원하든 그것을 마음으로 그리고
생각해서 만들려고 노력하는 사람만이
그것을 가질 수 있다는 것입니다.

어떤 사람은 그걸 '꿈'이라고 부르기도 합니다.
꿈꾸는 소년이, 꿈꾸는 소녀가 되어볼까요?

📖 나의 오늘을 위한 실천 문장

내가 바라는 사람, 내가 바라는 세상,
내가 바라는 물건, 내가 바라는 미래를 그려보세요.
마음으로 그리고 노력한다면
어느새 내 옆에 다가와 앉아 있을 겁니다.
오늘은 마음의 화가가 되어 봅시다.
한 번만 생각해 보아요. 내가 바라는 그 무엇을요.

35. 나를 찾아 떠나는 여행

가장 힘든 순간이 오면,
내가 누구인지 다시 물어야 한다.
내 존재를 잊지 않을 때,
어떤 고통도 나를 무너뜨릴 수 없다.

가장 힘들고 가장 지칠 때, 인간은 가장 원초적으로 됩니다.
가장 목마를 때, 마시는 물 한 잔이 가장 달콤합니다.
가장 절박하고 힘들 때, 그때는 어떻게 해야 할까요?

이육사의 '절정'이란 시가 생각납니다.
하늘도 지쳐 끝난 고원, 그 서릿발 진 칼날 위에서
화자는 그저 눈 감을 뿐이라고 말합니다.
그럼 눈 감고 생각하는 것은 무엇일까요?
바로 자기 자신의 존재입니다. 존재에 대한 원초적인 인식입니다.

'나'에 대한 존재가 흐려지면 사람은 병들고 아파진다고 해요.
자기 존재가 집중 받고 존중받을 때,
사람은 심리적으로 설명할 수 없는 안정감을 확보한다고 해요.

힘이 드나요? 너무나 괴로운 순간이 있나요?
그때 생각해 보아요.
나는 누구인가?, 어떤 사람인가?
나를 억누르는 상황에서 벗어날 수 있을 겁니다.

친구 관계나 성적, 다른 여러 문제로부터
정답을 찾고 싶다면, 깊이 생각해 보세요.
나는 누구인가?, 나는 어떤 사람인가?
그 어떤 것도 당신의 존재 자체를 넘어설 수 있는 것은 없습니다.
기억하세요. 당신의 존재는 이 세상 최고의 가치입니다.

📖 나의 오늘을 위한 실천 문장

눈을 감고 생각해 보세요.

나는 누구인가?, 나는 어떤 사람인가?, 나는 어떤 마음인가?

내 존재의 확신이야말로 자존감 형성의 시작입니다.

나를 찾아 떠나는 여행을 한번 떠나 보도록 해요.

36. 공감은 관념이 아니라 운동이다.

진짜 공감은 마음 깊숙이 다가가
그 아픔을 함께 느끼는 것이다.
고개를 끄덕이기만 하는 건
공감이 아니라, 공허한 말에 불과하다.

공감합니다. 공감되네요. 공감할 수 있었어요.
우리는 공감이란 말을 너무 사랑합니다.
누군가가 나를 이해해 준다는 말,
혹은 내가 누군가를 이해한다는 말.
이해한다는 그 말만으로도 마음에는 다사로운 태양이
내리쬐어 주는 것 같이 따뜻함이 밀려옵니다.

그러면 공감이란 어떤 것일까요?
어떤 일 혹은 관점에 대한 이해도 중요하겠지만
그 사람의 내면에 있는 작은 조각들을 살피며,
그 사람 존재 자체와 애쓴 마음을 궁금해하고
인정해 주는 것이 공감일 겁니다.

상대방 마음이라는 과녁에 정확히 전달되었을 때,
공허하고 허기진 사람의 마음을 감싸줄 수 있어요.
공감하지 않으면서 끄덕이며 하는 말들은
감정노동이며, 그저 겉도는 말에 불과할 겁니다.

마음은 괜찮은지, 그때 어떤 감정 상태인지,
물어봐 주어 자신의 이야기를 할 수 있게
해주는 것부터가 진정한 공감의 시작이에요.
상대를 공감하는 과정에서 나의 깊은 상처나
마음과도 마주하는 기회가 공감이며,
마음 깊이 정확히 아픈 그곳을
어루만져 주는 것이 진정한 공감입니다.

📖 **나의 오늘을 위한 실천 문장**

아끼는 친구의 이야기를 집중해서 들어보세요.
친구의 마음과 감정을 궁금해하는 겁니다.
"아 그랬구나, 너의 마음은 그때 어땠어?"라고 말하며,
그 친구의 마음을 어루만져 보세요.

37. 스스로를 존중하는 마음

내가 나를 따뜻하게 바라볼 때,

비로소 내 소중함이 보인다.

부족해 보여도,

나는 이 세상에 단 하나뿐인 귀한 존재다.

자존감은 무엇일까요?
스스로를 존중하는 마음입니다.
자신의 가치를 이해하고 스스로 평가하는 힘입니다.

우리는 지금이라는 시간을 살아가고 있습니다.
그렇지만 지금은 과거라는 과정을 지나온 존재입니다.
지나온 시간을 통해
지금의 내가 어떤 사람인지 생각해 보면,
'나는 이런 생각을, 이런 경험을 했던 사람이구나.'
그러면서 나를 둘러싼 것들을 바라봅니다.

다른 사람의 시선이 아닌, 고유한 내가 나를 다정하고
따듯한 눈빛으로 바라본다면 어떤 느낌인가요?
나는 이 세상에 엄연하게 하나의 역할과
공간을 담당하는 소중한 존재입니다.

나의 외모가 제일 예쁘지 않아도,
내가 공부를 가장 잘하지 않아도,
내가 글 잘 쓰는 사람이 아니더라도,
나의 존재는 가치 있고 아름답다는 것이죠.

그렇게 나를 인정하고
나의 존재를 조금 더 선명하게 생각하면,
내가 정말 소중한 존재라는
평범하고 당연한 생각에 이르게 된답니다.

나의 오늘을 위한 실천 문장

다른 사람의 시선이나 기대치가 아닌
나 스스로에 관해 이야기해 봅니다.
"내가 세상에서 가장 잘나지 않아도,
알잖아 나는 꽤 괜찮은 사람이야."

38. 태도가 성품을 만든다.

중요한 건, 좋은 성품이다.
나의 태도가
나를 더 따뜻한 사람으로 만든다.

성격이라는 '좋다', '나쁘다'가 아닌 것 같아요.
내향적이거나 외향적이거나,
보수적이거나 개방적이거나
좋은 점과 부족한 점을 모두 가지고 있으니까요.

우리가 보통 성격이 좋다고 이야기하는
사람들을 생각해 볼까요? 어떤 생각이 드나요?
성격이 좋다고 생각하는 사람들을 떠올리면,
좋은 감정이 자연스럽게 생겨납니다.

이것은 좋은 성격이 아닌,
좋은 성품을 가진 사람이라고 볼 수가 있어요.
그 사람의 태도를 좋아하고, 존경한다는 것이죠.

성품이 부족한 사람은
자기 성격의 단점만 드러내며 살게 됩니다.
타인의 상황을 이해하거나 배려하지 않죠.
반대로 좋은 성품을 가진 사람은
촘촘한 감정의 눈금을 가지고
타인의 감정을 이해하려는 건강한 삶을 살아갑니다.

중요한 것은,
후천적인 나의 노력으로
좋은 성품을 키울 수 있다는 겁니다.

📖 나의 오늘을 위한 실천 문장

오늘 내가 만나는 그 한 사람에게
좋은 감정이 생길 수 있는 표현을 해보도록 해요.
그 사람이 힘들다면 위로를,
그 사람이 기쁘다면 더 기뻐해 주고,
함께 느끼고 표현해 보도록 해요.

39. 나는 언제나 내가 되어간다.

우리의 마음은 매일을 예술로 만드는 힘이다.
오늘보다 더 빛나는 내일은,
마음을 다해 살아가는 사람에게 온다.

예술은 인생을 드러내는 것이라고 말하곤 하지요.
인생의 순간마다 번쩍이는 아름다움을
느낄 때가 많아서 그렇거나 우여곡절을 겪으면서
느껴지는 감정이 한편의 예술품일 수도 있지요.

그런데 사실 인간은 그 자체로 예술적인 존재입니다.
가장 큰 이유는 바로 마음이 있기 때문이지요.

인간은 완벽하게 예술적으로 움직이는 마음을 가지고 있어요.
그래서 우리의 노력이 더 멋진 우리를 만들게 되지요.
그리고 그 과정에서 느껴지는 희열은
온전히 노력하는 자신만이 오롯이 느낄 수 있는 감정입니다.
그러한 감정을 느끼는 것이 바로 우리의 마음입니다.

더욱 멋지고 쓸모 있는 존재,
다시 말해서 더욱 온전한 모습을 위해 나아가는 것이
너무나 당연한 마음이라고 생각해 보세요.

오늘보다 더욱 아름다운 내일이
언제나 우리를 기다리고 있을 거예요.

나의 오늘을 위한 실천 문장

내일이면 오늘보다 더 똑똑하고
멋진 모습이 될 거라고 다짐해 보세요.
오늘의 노력과 마음이 내일에는 더 아름다운 밑거름이 되고,
우리는 점점 더 멋진 존재가 되어가는 것이니까요.
그래서 오늘을 응원해 보세요.
더 힘내자고, 한 번 다짐해 보세요.

40. 공허가 만드는 충만한 아름다움

혼자 있는 시간은
내 마음을 빛나게 하는 소중한 순간이다.
군중 속에서 잃어버린 나를,
고요 속에선 다시 찾을 수 있다.

혼자되는 것은 무서운 일일까요?
혼자 있다는 것은 누군가에게 버림받거나
누군가에게 외면당했다는 것일까요?

당연히 그렇지 않습니다.
누구라도 혼자 있는 시간은
너무나 필요한 시간입니다.
혼자만의 시간은 나의 마음을 밝혀주니까요.
나의 마음을 더 윤이 나고 빛이 나게 해주니까요.

빈 시간이 허름하고 공허하게 느껴지지만
그러한 시간은 우리의 마음을 아름답게
변주해 주는 시간이 되기도 합니다.

나는 사회성이 부족해서,
나는 대인관계가 원만하지 못해서가 아닙니다.
혼자인 것을 좋아하는 것은
누구보다 나의 마음에 귀 기울일 줄 아는
진실한 사람인 것입니다.

북적이는 광장에서
나를 찾기는 어려운 일이니까요.

📖 나의 오늘을 위한 실천 문장

1분, 3분, 5분이라도 짧은 고독을 만들어보세요.
짧지만 길 수 있는 고독의 시간은
나의 마음을 더욱 밝게 비춰줄 거예요.
짧은 고독을 오늘 한번 느긋하게 즐겨보세요.

"습관은

하고 싶은 마음이

들지 않아도

반복할 수 있는

구조를

스스로 설계해

나가는

삶의 방식이다."

황교일 작가

PART Ⅲ
너의 '습관'을
응원해!

41. 꾸준함이 결국 재주를 이긴다.

큰 변화는 하루아침에 오지 않는다.
부족함을 채워가며
매일 쌓는 작은 습관이야말로,
가장 확실한 성장의 증거다.

증자는 공자의 제자로,
처음에는 큰 주목을 받지 못한 인물이었지만,
그의 끈기와 자기 성찰 덕분에
결국 공자의 가르침을 잇는 핵심적인 제자가 되었습니다.

그는 천재적인 능력을 자랑하는 인물은 아니었지만,
자신의 부족함을 알고 그것을 매일 보완해 나가면서
끊임없이 성장할 수 있었습니다.

이는 매일의 작은 실천이 모여
큰 성과를 낳는다는 교훈을 전해줍니다.

예를 들어, 어떤 학생이 하루에 30분씩만
꾸준히 영어 단어를 외운다고 가정해 봅시다.
이 학생은 한두 달 만에
큰 변화를 느끼기 어려울 수 있지만,
1년 동안 하루도 빠짐없이 실천한다면
놀라운 실력 향상을 경험할 것입니다.

큰 변화는 하루아침에 오지 않습니다.
하지만 매일 쌓아가는 노력은 절대 배신하지 않습니다.

📖 나의 오늘을 위한 실천 문장

중요한 것은 꾸준함입니다.
하루 10시간을 공부하고
다음 날은 아예 공부하지 않는 것보다는,
하루에 짧은 시간이라도 매일 규칙적으로
공부하는 것이 훨씬 더 효과적입니다.
작지만 꾸준한 학습 루틴을 지켜간다면,
여러분이 이루고자 하는 목표는 반드시 이룰 수 있을 것입니다.

42. 내 몸이 공부하도록 하자.

나에게 효율적인 학습 시간과 장소를 찾아,
몸에 배게 하자.
습관은 몸이 기억해야 지속된다.

공부는 단순히 머리로 하는 것이 아니라,
몸이 기억하는 습관을 만드는 것이 중요합니다.
매일 같은 시간, 같은 장소에서 공부하는 루틴을 만들면,
몸이 그 패턴에 익숙해지면서
공부가 더 자연스럽고 수월해집니다.

벼락치기 공부는 일시적인 성과를 낼 수 있지만,
오래가지 못합니다. 반면, 몸으로 습득한 꾸준한 습관은
여러분의 실력을 오래 유지해 주고,
미래의 성공을 만들어 줍니다.

자신에게 맞는 루틴을 만들기 위해서는
자신의 생활 패턴을 분석하는 것이 필수적입니다.
예를 들어, 오전에 공부할 때 집중력이 가장 높지만,
오후에는 집중력이 떨어지는 학생이 있습니다.
이런 학생은 중요한 과목을 오전에 공부하고,
오후에는 가벼운 복습이나 과제를
처리하는 것이 효과적입니다.

따라서 자신이 언제 집중이 잘되는지를
스스로 파악하는 것이 중요합니다.

📖 나의 오늘을 위한 실천 문장

오늘부터 자신에게 맞는 루틴을 찾아,
내 몸이 기억하는 학습 습관을 만들어 보세요.
자신의 집중 시간과 환경을 정확히 파악한 후,
실현할 수 있는 목표를 정해 꾸준히 실천한다면,
여러분의 공부 습관은 점점 몸에 배게 되고,
큰 성과를 얻게 될 것입니다.

43. 공부를 잘하는 비결: 겸손함

습관은 단번에 되는 게 아니다.
실패를 인정하고 다시 시작하는 겸손이,
결국 끝까지 가는 사람을 만든다.

공부 습관을 지니는 과정에서 실패하는 경우가 많습니다.
습관을 한 번에 딱 잡아서 잘하면 좋겠지만,
그런 학생들은 많지 않아요.
어른들도 체중감량 시도를 많이 하지만
다이어트를 하기 위한 식습관, 운동 습관 만들기가
몹시 어려워서 대부분 실패합니다.

그런데 성공하는 사람은 실패해도 또 시도하고,
꾸준히 시도하는 과정에서
자신에게 적합한 습관을 만든 사람이랍니다.

공부도 마찬가지입니다. 오늘 결심한 마음이
3일 이내에 실패할 가능성이 높습니다.
하지만 계속 도전해서 언젠가는
공부 습관을 잡아나가면 됩니다.

이때 여러분들에게 하고 싶은 이야기가 있습니다.
실패해도 도전하는 학생이 되라는 것입니다.
계획한 것이 실패로 돌아가면 자신의 문제점을
인정하고 반성하는 것입니다.
이것이 겸손한 마음입니다. "아! 내가 이렇게 해서 실패했구나.
이 부분을 반성하고 다시 시작해야겠다."
이런 마음이 겸손한 사람의 마음이고,
언젠가는 꼭 성공할 사람의 마음가짐입니다.

📖 나의 오늘을 위한 실천 문장

최근에 세운 계획 중에서
성공한 것과 실패한 것을 기록해 보세요.
그리고 성공한 이유와 실패한 이유를 작성하세요.
실패한 것은 특히 더 구체적으로 적는 겁니다.
그럼 해야 할 일이 명확해질 겁니다.

44. 공부는 자동판매기가 아니다.

공부는 물을 흡수하지 않은 것 같지만,
조용히 자라는 콩나물에 가깝다.
오늘의 변화가 안 보인다고 해서,
내일의 성장이 없는 건 아니다.

공부 습관을 잡는 것에 또 어려운 점은
습관을 잡고 공부해도 바로 성장을 느끼기 힘들다는 것입니다.
실력이 자동판매기처럼 내 시간을 넣었을 때
바로 어떤 결과가 나오면 얼마나 좋겠습니까?
하지만 그렇지는 않습니다.

여러분 혹시 콩나물 키우는 방법을 아시나요?

콩나물을 키우기 위해서는 어두운 환경을 만들고
하루에 2~3번씩 물을 많이 주면 됩니다.
그런데 콩나물에 물을 주면 그냥 밑으로 다 빠집니다.
하지만 신기하게도 콩나물은 무럭무럭 잘 자랍니다.

공부도 비슷할 것입니다.
내 시간은 콩나물에 주는 물과 같습니다.
아무리 많이 줘도 다 밑으로 빠지기 때문에
그 순간에는 실력의 성장을 느끼기 힘듭니다.
하지만 언젠가는 콩나물이 쑥쑥 자란 것처럼
내 실력도 몰라보게 성장해 있습니다.

조급한 마음을 가지지 말고,
힘들게 만든 공부 습관을 꾸준히 잘 지켜나가기를 바랍니다.

📖 나의 오늘을 위한 실천 문장

오늘 공부하면서 즐거웠던 것,
가장 보람된 것을 매일 기록해 보세요.
당장의 실력 향상보다 오늘 공부한 나의 노력을
기록하고 스스로를 칭찬하시길 바랍니다.

45. 실패는 성공의 과정이다.

계획을 늘 지키는 건, 무척 어려운 일이다.
중요한 건 매번의 실패에도 다시 펜을 들고,
하루를 설계하려는 그 의지다.

혹시 공부 계획을 제대로 다 하지 못해서
자책하거나 실망하지 않았나요?

그리고 이렇게 제대로 지키지도 못하는
학습 계획을 세우는 것이 무의미하다고 생각하지 않았나요?

계획을 지키지 못하는 것은 자연스러운 것입니다.
하루 계획, 일주일 계획, 1년 계획을
제대로 지키면서 살아가는 어른은 많지 않습니다.
아무리 훌륭한 분이라고 해도 늘 계획대로 살지는 못합니다.

작심삼일이라는 단어가 있듯이
오늘 내가 세운 결심을 3일 이상 지속하기가 참 어렵습니다.

학습 계획을 세우고 루틴을 만들어 나가는 것을
이번에 실패했다고 해서 실망할 필요가 없습니다.

이번에 실패했다면 또 내일 작심삼일 하고,
또 3일 이후에 작심삼일 하면 됩니다.
하다 보면 성공합니다. 그리고 하다 보면,
내가 한 노력에 대한 대가가 신기할 만큼 정직하게 다가올 것입니다.

실패했다고 자책하지 말고, 포기하지만 말고,
꾸준히 학습 계획과 루틴을 만들기 위해 노력하세요.

📖 나의 오늘을 위한 실천 문장

단기 및 중기 학습 계획과 학습 루틴을
지키지 못한 경험을 꼭 기록해 보세요.
그리고 그것이 어떤 이유인지 고민해 보시고,
자기반성을 해보시기를 바랍니다.
이때 생각만 하지 말고 글로써
스스로 생각을 정리해 보시길 바랍니다.

46. 하루에 한 문제씩 수학에 도전해보세요.

수학 실력은 하루에 한 문제,
스스로 고민한 20분에서 자란다.
365개의 작은 도전이 모이면,
어느새 수학이 두렵지 않을 것이다.

수학 잘하는 학생은 대체로 좋은 성적을 받는 편입니다.
왜냐하면, 수학 공부를 잘하면
다른 공부할 여유시간이 확보되기 때문인데요.
그래서 많은 학생이 수학을 잘하고 싶어 합니다.

수학 실력을 높이는데,
좋은 학습 루틴을 하나 소개하겠습니다.

매일 1문제를 찾아서 풀어보세요!
꼭 스스로 풀고자 하는 약간 어려운 1문제를 선택해서,
하루에 10~20분 정도 고민하는 시간을
가져보는 것을 추천합니다.

해설지를 보지 말고, 노트에 풀어보길 바랍니다.
이때 너무 어려운 문제보다는
풀 수 있을 것 같은 문제를 선택해서
도전하는 것이 좋습니다.

이 노력이 1년이 되면
365문제에 도전하게 되는 것이고,
반드시 수학 실력이 높아져 있을 것입니다.

📖 나의 오늘을 위한 실천 문장

'수학 도전 노트'를 만들어보세요.
날짜와 문제를 기록하고,
매일 1문제를 그 노트에 작성하며, 도전해 보길 바랍니다.

가장 좋은 방법은 내 풀이와
해설지 풀이를 같이 기록하는 것이지만,
그것이 너무 힘들면 내 풀이를
매일 1문제씩 기록을 해보길 바랍니다.

47. 공부는 마음이 시킨다.

공부는 완벽해서 잘하는 게 아니라,
포기하지 않아서 잘하게 되는 일이다.
실패의 원인을 돌아보고, 다시 시작하면 된다.

주위에서 공부를 잘하고 열심히 하는 학생들은
공부 습관이 잘 잡혀 있습니다.
그래서 조금 편하게 공부하는 경우가 많습니다.

습관화된 공부를 하면서 성장의 재미를 느끼게 되고,
그 결과 목표한 점수를 달성하는 경험을 하게 됩니다.
즉, 더 좋은 모습으로 성장하게 되는 것이죠.

그런데 아직 공부 습관이 잡히지 않았다면,
지속적인 실패의 경험으로 좌절할 수도 있습니다.
그렇다고, '난 안되는구나!'라고 생각하지 마세요.

'수포자'라는 단어 잘 아시지요?
통계적으로 초5, 중2, 고1 시기에
가장 많은 학생이 수학을 포기한다고 합니다.
수학을 포기하는 이유는 앞 학년에서 배운 과정을
잘 이해하지 못해서 그렇습니다.
이것은 복습과 반성이 잘되면,
포기하지 않을 수 있다는 의미이기도 합니다.

오늘 실패한 나의 공부 습관에 대해서
반성하고 다시 도전하시길 바랍니다.
그리고 너무 완벽해지려고 하기보다는,
여유를 가지고 습관을 만들어가도록 하세요.

📖 나의 오늘을 위한 실천 문장

오늘 학습한 계획에 성공했다면,

"난 정말 대단해! 난 꼭 성공할 수 있어!"라고 이야기하세요.

오늘 학습한 계획에 실패했다면,

"괜찮아! 내일 또 잘하면 되지!"라고 마음을 잘 잡아가세요.

그리고 내일은 꼭 성공할 수 있도록 최선을 다하길 바랍니다.

48. 매사에 의욕이 없어서 도전하고 싶지 않아요.

공부에 실패해도 인생이 실패하는 건 아니다.
도전과 실패, 그리고 다시 일어서는 힘을 배우는 것,
그게 공부다.

학생들과 이야기를 나누다 보면 능력은 참 좋은데,
매사에 무기력한 경우를 많이 접하게 됩니다.

그래서 안타까운 마음에 "이렇게 좋은 환경 속에서
공부하는 것이 그렇게 힘드니? 나 때는 말이지…"
이런 식의 이야기를 하는 경우도 있었습니다.
지금 돌이켜보면 그 학생에게 참 미안한 마음이 듭니다.

만약 공부할 마음이 도무지 생기지 않는다면
아래 이야기를 꼭 들어 주시면 좋겠습니다.

"미리 실패를 걱정해서 비관적인 생각을 하지 않았으면 합니다."
"부모님의 꾸중을 걱정해서 핑계만 생각하지 마세요."
"친구 사이의 문제가 있어서 무기력하다면 어른들과 상의하길 바랍니다."

여러분들이 생각하는 비관적인 상황은
실패해도 생기지 않을 가능성이 매우 높습니다.
그리고 공부에 실패해도 여러분의 삶이 실패하는 것은 아닙니다.

공부라는 것을 통해 도전과 성장, 실패와 회복탄력성,
목표와 달성을 배우게 되는 것입니다.
실패해도 다시 털어버리고 도전하시길 바랍니다.

📖 나의 오늘을 위한 실천 문장

오늘 비관적인 생각을 한 적이 있다면
그것을 정확히 기록해서 도대체 무엇이 부정적인지
스스로 그 실체를 확인해 보시길 바랍니다.
그리고 그것이 얼마나 대단하지 않은 것인지 확인해서
긍정적인 마음으로 다시 돌아올 수 있도록 합니다.

49. 작심삼일을 이기자.

공부는 단거리 질주가 아니라,
호흡을 조절하며 달리는 마라톤이다.
방법에 흔들리지 말고, 최소한 6개월은 믿고 가라.
실력은 그렇게 쌓인다.

계획을 세우고, 공부를 시작한 첫날은
에너지가 넘쳐서 열심히 하게 됩니다.
그런데 수위 조절에 실패하여
에너지를 다 쏟아버리는 경우도 많습니다.

그래서 다음날에는 일찍 일어나기도 힘들고
아무것도 하고 싶지 않은 현상이 발생하기도 하죠.
또 핸드폰을 하고 침대에 누워서 꼼지락거리기도 합니다.

공부는 마라톤과 같습니다.
그러니 힘 조절을 잘해야 합니다.
절대 오늘 해야 할 공부를 내일로 미루지 말아야 합니다.

그런데 몇 개월 지속해서 공부하다 보면,
제대로 하고 있는지, 조금씩 불안해질 수 있습니다.
시험을 앞두고 내가 공부한 이 방법이
맞는지 혼란스러울 때도 있습니다.

이럴 때 너무 걱정하지 말고, 지금 내 공부에만 집중하면 됩니다.

몇 개월 동안 지속된 공부 습관은
공부 실력을 반드시 높여줄 겁니다.
자신을 믿고 최소 6개월은 지속해 보세요.

나의 오늘을 위한 실천 문장

작심삼일을 오늘 또 해도 됩니다.
다만 오늘부터는 공부 계획을 세울 때,
첫날 너무 많은 양을 하겠다고 하지 말고
에너지 관리를 하도록 합니다.
그리고 1주, 1개월 꾸준히 하는 연습을 합니다.
시험을 앞두고 불안한 마음이 생기면
그동안 공부했던 계획을 살펴보고
자신에게 대견하다는 칭찬과
오늘 해야 할 공부에만 집중하도록 합니다.

50. 작은 성취를 통해 발전하는 나를 경험하라.

작은 성취의 기쁨이 공부를 계속하게 만든다.
몰입 없는 공부는 공부가 아니다.
집중하는 하루,
그 하루가 실력을 만든다.

공부를 지속하게 하는 힘은
작은 성취의 기쁨을 느낄 때입니다.

아무리 해도 성취를 느끼지 못하면 지속하기 힘듭니다.
그래서 작은 것이라도 이루었다는 기쁨을 느낄 수 있어야 합니다.

작은 성취의 기쁨을 느끼기 위해서는
몰입과 그것을 위한 인내가 너무나 중요합니다.
무엇인가를 이루고자 할 때 몰입하지 않으면 힘들기 때문이죠.

공부하면서 옆에 있는 핸드폰을 보거나
친구와의 관계를 생각하면 몰입할 수 없습니다.
겉으로 보면, 자리에 앉아 공부한 것처럼 보이지만,
실질적인 실력향상은 이루지 못한 것이죠.

그래서 작은 성취감을 얻고,
그것을 꾸준히 유지하여
목표한 바를 이루기 위해서는
매일 진짜 공부 시간을 확보하고
몰입하는 자세가 너무나도 중요합니다.

나의 오늘을 위한 실천 문장

공부 시간에 몰입하기 위해서
핸드폰을 멀리 두고, 책만 책상에 두도록 해봅시다.
그리고 눈을 감고 아무 생각도 하지 말고
큰 호흡을 10번 하고 공부를 시작합니다.
친구 생각이 나도, 의식적으로 그 생각을 하지 않도록 합니다.
반드시 공부 시간에는 자리를 이탈하지 않고
책에만 집중하겠다는 마음가짐을 가지도록 해봅니다.

51. 노력만 하면 된다고?

엉덩이의 힘만으로는 부족하다.
공부도 생각하면서 해야 는다.
생각 없이 오래 앉아 있는 건,
그저 앉아 있는 것이다.

'엉덩이의 힘'이라는 이야기를 다 들어보셨죠?
'무조건 노력을 많이 하면 좋은 결과가 나온다.'라는
인상을 주고 있습니다. 그런데 노력은 많이 하지만,
그 성과가 나오지 않은 학생에게는 너무 힘든 말이기도 합니다.

심리학자인 안데르스 에릭슨 박사는
'기계적인 노력'과 '의식적인 노력'이 있다고 했습니다.

기계적인 노력은 아무 생각 없이,
그냥 습관대로 하는 공부입니다.
물론 좋은 습관을 지니고 있다면, 효과적일 수 있습니다.
하지만 성적이 잘 나오지 않는다면, 변화가 필요한 것이죠.
그럴 땐, 하나씩 점검해서 부족한 부분을 채우는 데
시간을 할애할 수 있어야 합니다. 이것이 바로 의식적 노력입니다.

전체적인 공부 시간에 비해서 비효율적인 것이 무엇인지,
틀린 문제를 어떻게 해결하고 있는지,
내가 공부하고 있는 것인지 아니면 공부하는 것처럼
보이는 것인지를 점검하는 시간이 중요합니다.
그렇게 하다 보면, 어느 순간 성장한 자신을 볼 수 있을 것입니다.

나의 오늘을 위한 실천 문장

전지적 관찰자 시점으로 자신의 공부 과정을 점검해 보세요.

플래너에 기록하면서 순공부 시간을 확인해 보세요.

자기 주도적으로 공부하는 시간이 부족하다면

더 확보할 수 있게 노력해 보세요.

시험지에 틀린 문제를 다시 점검해 보세요.

틀린 문제와 비슷한 문제를 시험 대비하면서

풀어본 적은 없는지, 공부한 것이 틀렸다면

왜 틀렸는지 정확히 체크하도록 해봅니다.

52. 슬럼프, 두려움을 이겨내는 방법

큰 목표는 작은 단위로 쪼개야
비로소 손에 잡힌다.
지금 당장 할 수 있는 것을 정하고,
성취감을 느끼자.

코끼리를 냉장고에 넣는 방법이 무엇인지 아십니까?
큰 코끼리를 작은 냉장고에 넣을 수는 없어요.
넣게 되면 냉장고와 코끼리 모두 망가집니다.
코끼리는 너무 큰 현실의 목표이고,
작은 냉장고는 나의 작은 공부 그릇입니다.

처음부터 너무 큰 목표를 잡으면 엄두를 내지 못합니다.
차일피일 미루게 되고 결국 아무것도 못 합니다.
그러니 큰 목표를 내가 해낼 수 있는 공부량
혹은 작은 목표로 잘게 쪼개는 겁니다.

수학 문제집을 한 달 동안 풀겠다는 목표보다는
매일 학습 목표를 잘게 쪼개서 이루어나가는 것입니다.
전체가 200쪽이라면 하루에 8쪽을 푼다는 목표를 세웁니다.
그런데 만약 오늘 6쪽까지 밖에 풀지 못했다면
그것을 실패라고 단정 짓지 말고,
오늘은 75% 목표를 수행했다고 기록합니다.
그리고 컨디션이 좋은 날에 125%를 수행하면 됩니다.

중요한 것은 꾸준히 하는 것입니다.
큰 것을 이루기 위해서 작은 것을 꾸준히 이루었을 때
더욱 가치 있는 성취가 될 것입니다.

나의 오늘을 위한 실천 문장

너무 큰 목표를 세워서 시도조차 하지 못한 적 있나요?
혹은 도전했는데 금방 포기했던 적 있나요?
이런 일들이 반복되다 보면,
슬럼프가 찾아오고 공부하는 것이 힘들어집니다.
그러니, 딱 내가 할 수 있는 만큼의 공부량을 정하고,
그걸 해내는 겁니다. 그렇게 성취감을 느껴보는 거예요.
그 성취감을 통해 계속 시도할 에너지를 얻게 될 테니까요.

53. 시간의 농도를 진하게 만들자.

시간은 누구에게나 공평하지만,
그 시간을 대하는 태도가 미래를 만든다.
하루를 의미 있게 쓴 사람만이,
내일을 떳떳하게 마주할 자격이 있다.

시간은 누구에게나 공평하게 주어지지만,
이를 어떻게 사용하느냐에 따라 결과는 완전히 달라집니다.

시간은 작은 것을 크게 만들게 합니다.
하루에 영어 단어 10개를 외우면 한 달 뒤에는 300개,
1년이면 3,600개를 외울 수 있게 되는 것이 좋은 예시일 겁니다.

시간은 주변 사람들에게 긍정적 또는 부정적 영향을 줄 수 있습니다.
여러분이 보내는 시간은 혼자만의 것이 아니기 때문입니다.
꾸준히 노력하는 모습은 주변에 긍정적인 영향을 미치고,
반대로 시간을 낭비하는 습관은 주변에도 전파됩니다.
함께 공부하는 친구가 열심히 하면 나도 더 노력하게 되는 것처럼요.

시간은 오늘의 노력이 미래의 자신에게
좋은 기억 또는 나쁜 기억이 될 수 있습니다.
어떤 사람은 '그때 정말 최선을 다했어'라고 자신할 수 있지만,
어떤 사람은 '조금만 더 열심히 할 걸' 하고 후회하게 되는 것처럼요.

결국, 시간을 어떻게 쓰느냐는 여러분에게 달려 있습니다.
하루를 의미 있게 보내면, 평범함을 비범함으로 만들고,
주변 사람들에게 선한 영향력을 전달하며,
좋은 기억을 만들어 갈 수 있습니다.

지금 여러분은 어떤 시간을 보내고 있나요?

---

1. 가능성을 키우는 습관 만들기

① 하루 목표를 정하고 실천하기

　(예: 수학 문제 10개 풀기, 영어 단어 20개 암기하기)

② 작은 성취를 기록하며 자신감을 키우기

2. 긍정적인 영향력을 퍼뜨리기

① 공부 계획을 친구들과 공유하고 함께 실천하기

② 집중력이 높은 공간에서 공부하며 스스로 좋은 환경 만들기

3. 좋은 기억을 남기기

① 하루 공부가 끝난 후, 오늘 가장 보람 있었던 일을 기록하기

② 주말마다 한 주 동안의 노력과 성취를 돌아보는 시간 가지기

54. 실패가 아니다. '아직' 못했을 뿐이다.

실패란 끝이 아니라,
아직 도착하지 못했을 뿐인 중간 지점이다.
넘어졌는가? 괜찮다. 계속 걸어가면,
그 길이 결국 목적지가 된다.

우리에게 실패는 종종 끝처럼 느껴집니다.
시험을 망쳤을 때, 목표했던 성적이 나오지 않았을 때,
또는 열심히 했는데 원하는 결과를 얻지 못했을 때
우리는 좌절하고 포기하고 싶어지죠.

하지만 정말 실패한 걸까요?
그렇지 않습니다. 아직 도달하지 못했을 뿐입니다.
목적지가 멀리 있는 것뿐이지, 가는 길이 끝난 것이 아닙니다.

등산할 때 정상에 도착하기 전까지
수많은 오르막과 내리막을 겪는 것처럼, 공부도 마찬가지입니다.
어떤 시험에서 원하는 성적을 받지 못했다고 해서
그것이 곧 나의 한계를 의미하는 것이 아닙니다.
그저 내가 목표를 향해 가는 과정 중이라는 뜻입니다.

원하는 성적을 받지 못했다고 자신을 패배자라고 생각할 수도 있습니다.
하지만 진짜 실패는 넘어지는 것이 아니라 일어나지 않는 것입니다.
꾸준히 노력하고, 실수를 받아들이고, 한 걸음씩 나아가다 보면
결국 원하는 곳에 도착할 수 있습니다.
그러니 지금 힘들고 포기하고 싶다면, 이렇게 생각해 보세요.
"나는 아직 도달하지 못했을 뿐이야."

공부 목표를 향해 가는 길 위에 서 있다면,
여러분은 이미 성장하는 중입니다.
중요한 것은 계속 나아가는 것, 그리고 포기하지 않는 것입니다.

📖 나의 오늘을 위한 실천 문장

1. 실패를 성장의 기회로 받아들이기

① 시험 결과가 기대보다 낮더라도 원인을 분석하고
다음 기회에 보완하기

② 실패한 경험을 일기나 노트에 기록하며 배운 점 정리하기

2. 꾸준히 나아가는 습관 만들기

① 매일 1%라도 성장할 수 있는 목표 설정하기
(예: 단어 10개 외우기, 문제 5개 풀기)

② 큰 목표보다 작은 목표를 정하고, 하나씩 달성해 나가기

3. 포기하고 싶을 때 다시 동기 부여하기

① 지금까지의 작은 성취를 기록하고 스스로 칭찬하기

② 나만의 동기 부여 문장을 정해 책상이나 다이어리에 적어두기
(예: "나는 아직 과정 중이야!")

55. 공부는 너의 업(業)이다.

공부는 시험을 위한 도구가 아니라,

인생을 만들어 가는 나의 일이다.

공부를 바라보는 관점을 달리하면,

공부하는 의미도 달라진다.

여러분의 부모님들께서는 가족을 부양하기 위해서
매일 비슷한 업무를 반복하시면서,
그 일에 전문가로 자리매김하고 계십니다.
공부를 매일 하는 여러분들도 마찬가지입니다.
공부는 단순히 시험을 잘 보기 위한 활동이 아니라,
여러분의 삶을 만들어가는 중요한 과정이기 때문입니다.

책『라틴어 수업』의 저자 한동일 작가는
자신을 '공부하는 노동자'라고 했습니다.
공부를 업으로 삼은 노동자처럼 하루도 빠짐없이 노력했다는 것이죠.
이처럼 여러분도 공부를 하나의 책임 있는 일로 받아들인다면
성장 과정에서 더 큰 의미를 발견할 수 있을 것입니다.

운동선수는 매일 훈련을 반복하며 자기 몸을 단련하고,
예술가는 끊임없이 연습하며 작품을 만들어갑니다.
그렇다면 학생인 여러분에게 공부는 어떤 의미일까요?
단순히 시험을 위한 활동이 아니라,
사고력을 키우고 문제 해결 능력을 기르는 과정입니다.

의사가 되기 위해서는 수많은 공부와 실습을 거쳐야 하고,
프로그래머는 새로운 기술을 익히며 끊임없이 발전해야 합니다.
이러한 전문가들이 자신의 분야에서 최고가 되기 위해
꾸준히 배우고 익히는 것처럼, 학생인 여러분도
공부를 단순한 의무가 아닌 '업(業)'으로 받아들인다면
더 큰 목표를 향해 나아갈 수 있을 것입니다.
공부를 대하는 태도가 바뀌면, 결과도 달라질 것입니다.

📖 나의 오늘을 위한 실천 문장

부모님께서 매일 일정한 패턴으로 일을 하시듯,
여러분도 공부의 패턴을 가지고 있습니다.
그것이 바로 습관입니다.
오늘 자신의 공부 패턴을 다시 한번 점검해 보세요.
그리고 공부가 나의 업(業)이라는 사실을 기억하며,
매일 플래너에 '이것은 나의 업이다'라고 기록해 보세요.
작은 다짐이 큰 변화를 만듭니다.

56. 힘든 시간은 축복이다.

고통은 나를 잃게도 하지만,
동시에 나를 다시 찾게도 한다.
흔들릴 때마다 중심을 잡아주는 건,
결국 매일 쌓아온 사소하지만 단단한 습관이다.

고난을 통해 잃어버렸던 자신의 정체성을 찾는 것,
그것이 바로 수신(修身)의 힘입니다.

우리는 때때로 성공에 취해 자신이 진정으로
원하는 것이 무엇인지 잊어버리곤 합니다.
하지만 시련은 우리에게 다시금 본래의 모습을 돌아보게 만들고,
어린 시절부터 간직했던 꿈과 삶의 의미,
가치관을 더욱 단단하게 다질 기회를 줍니다.

여러분도 어른이 되어 성공을 거두거나,
혹은 평온한 삶에 안주하며 본래의 꿈과 목표를
잊어버릴 수도 있습니다. 하지만 이것보다 더 나쁜 소식은
살면서 반드시 위기가 찾아온다는 겁니다.

그런데 너무 걱정하지 마세요. 고난을 이겨내는 방법이 있으니까요.
여러분이 갖게 될 경험의 지혜를 통해 충분히 극복할 수 있습니다.
살면서 경험했던 성공과 실패를 통해
문제 해결 방법을 습득하게 될 테니까요.
그래서 인생의 나침반이 되어줄 행동(공부) 습관과
자기 수양의 태도를 지금부터 만들어 나가야 합니다.

고난은 때때로 우리를 흔들지만,
꾸준한 공부 습관과 단단한 가치관이 있다면
어떤 어려움이 찾아와도 다시 일어설 수 있습니다.
그러니 매일의 작은 공부 습관을 소중히 여기고,
그것을 통해 더욱 강한 '나'로 성장하시길 바랍니다.

📖 나의 오늘을 위한 실천 문장

만약 지금 너무 힘든 시간을 보내고 있다면 다음과 같이 해보세요.

① 이 경험을 통해서 나는 무엇을 배울 수 있을까를 생각합니다.
② 이 경험 이후에 나는 얼마나 더 성장해 있을까를 생각합니다.
③ 포기하고 싶을 때 딱 5분만 더 버티기
④ 하루의 성공과 실패를 기록하면서 스스로를 성장시키는
   습관 만들기

57. 바른 공부 습관이
나의 가치를 빛나게 만든다.

삶은 혼자 걷는 길이 아니다.

그래서 우리는 정직하게 공부하고

바르게 걸어야 한다.

그 길이 곧 누군가의 이정표가 되니까.

우리가 살아가는 길은 혼자만의 길이 아닙니다.
내가 걷는 길이 곧 다른 누군가에게 길잡이가 될 수 있기에,
매 순간 신중하게 행동해야 합니다.

부모님은 자녀를 위해 무엇이든 해주고 싶어 하지만,
법과 도덕의 테두리 안에서 올바른 방법을 선택합니다.
그래야만 자녀들에게 떳떳한 부모로 남을 수 있기 때문입니다.

여러분도 성적을 빠르게 올리고 싶거나,
선생님과 친구들에게 인정받고 싶더라도
올바른 방법으로 노력하는 것이 중요합니다.
부정한 방법으로 얻은 결과는
결국 스스로를 속이는 일이 되며,
진정한 실력과 자신감을 키우는 데 아무런 도움이 되지 않습니다.

공부는 단순히 점수를 높이는 것이 아니라,
정직한 태도로 실력을 쌓고 자신의 한계를 극복하는 과정입니다.
여러분이 노력한 만큼 얻은 성취는
오랜 시간 여러분을 빛나게 할 것이며,
그것이야말로 진정한 성공의 의미입니다.

스스로 떳떳한 발자국을 남기고,
후배들에게 좋은 길잡이가 될 수 있도록
바른 공부 습관을 만들어 나가길 바랍니다.

📖 나의 오늘을 위한 실천 문장

"지금 내가 공부하는 방식은 올바른가?"
한 번 스스로 물어보세요.
성적을 올리는 것도 중요하지만,
더 중요한 것은 바른 방법으로 공부하는 자세입니다.
단순히 점수를 높이기 위한 공부가 아니라,
진짜 실력을 쌓는 과정이 되고 있는지 점검해 보세요.
여러분만의 공부 원칙을 세우고,
그 원칙을 끝까지 지켜 나가세요.

58. 음악으로 공부의 정도를 지켜나가자.

유튜브나 게임보다는 가사 없는 음악을 통해
감정을 다스리고 스트레스를 낮출 수 있다.

음악은 우리 삶을 풍성하게 가꾸고, 감정을 다스리며,
스트레스 지수를 낮추는 데 큰 역할을 합니다.
하지만 공부할 때 이어폰을 끼고 가사가 있는
인기 가요를 듣는 것은 집중력을 떨어뜨리고,
오히려 공부의 방해 요소가 될 수 있습니다.
가사의 의미를 무의식적으로 해석하게 되면서,
뇌가 공부에 온전히 집중하지 못하기 때문입니다.

그러나 음악을 올바르게 활용하면
공부에 긍정적인 영향을 줄 수 있습니다.
예를 들어, 가사가 없는 클래식 음악이나
자연의 소리(빗소리, 파도 소리)는 집중력을 높이는 데
도움을 줄 수 있습니다. 또한, 특정한 음악을 반복적으로 들으면
공부할 때 몰입하는 습관을 기를 수도 있습니다.
어떤 학생들은 매일 같은 클래식 연주곡을 들으며 공부하는데,
이 습관이 형성되면 음악이 흐르는 순간 자연스럽게
공부 모드로 전환되기도 합니다.

또한, 휴식 시간에는 유튜브나 게임을 멀리하고,
자신이 좋아하는 음악을 들으며 마음을 안정시키는 것도
좋은 방법입니다. 예를 들어, 시험 전 불안할 때
조용한 음악을 들으며 호흡을 가다듬으면
긴장을 완화할 수 있습니다.

감정을 조절하는 데 도움이 되는 음악을 적절히 활용하면,
공부의 효율성을 높이고 스트레스를 덜 받으며
꾸준한 학습을 이어갈 수 있을 것입니다.

📖 나의 오늘을 위한 실천 문장

1. 공부할 때는 가사가 없는 클래식 음악이나 자연의 소리를 배경음악으로 활용해 보세요.

2. 집중력을 높이기 위해 특정한 배경음악을 정해 두고, 공부할 때마다 반복해서 들어보세요.

3. 유튜브나 게임 대신, 휴식 시간에는 편안한 음악을 들으며 마음을 안정시키는 습관을 길러보세요.

4. 시험 전 불안할 때는 조용한 음악을 들으며 깊은 호흡을 함께 해보세요. 긴장이 완화될 것입니다.

5. 음악이 공부의 방해 요소가 되지 않도록, 공부하는 동안에는 가사가 있는 노래는 피하는 습관을 만들어 보세요.

59. 흔들릴 때는 목표를 매일 새기자.

습관은 의지로만 지켜지지 않는다.
흔들릴 때마다 왜 시작했는지를 떠올리는 일,
그게 결국 습관을 지키는
가장 현실적이고 강력한 방법이다.

습관이 형성되었다고 해서 항상 지켜지는 것은 아닙니다.
우리는 사람이기에 때때로 과거의 안 좋은 습관으로
돌아가고 싶은 유혹을 느끼곤 합니다.
'조금만 쉬어도 괜찮지 않을까?', '이번 한 번쯤은 괜찮겠지?'라는
생각이 들 때, 스스로를 점검하지 않으면 어느새 나태함이
반복되어 다시 원래의 상태로 돌아가게 됩니다.

예를 들어, 다이어트를 결심하고 꾸준히 운동하다가
'오늘 하루쯤은 먹어도 괜찮겠지'라는 생각에 야식을 먹고,
다음 날도 '어제도 먹었으니, 오늘도 조금은 괜찮겠지' 하면서
점점 원래 습관으로 돌아가는 경우가 많습니다.
공부도 마찬가지입니다. 하루 이틀 공부를 소홀히 하면
'어제도 안 했으니, 오늘도 괜찮겠지' 하며 점점 게을러질 수 있습니다.

이럴 때 가장 효과적인 방법은 목표를 다시 한번 점검하는 것입니다.
"내가 왜 이 공부를 하고 있는가?" 라는 질문을 던져 보세요.
예를 들어, 의사가 되고 싶은 학생이라면
"내가 의사가 되어 사람들을 돕기 위해, 지금 이 공부를 하고 있다"라는
식으로 다시 목표를 떠올려야 합니다.

습관은 단순한 반복이 아니라, 목표와 연결될 때 더욱 단단해집니다.
공부가 힘들 때, 게을러지고 싶을 때,
잠깐 멈춰서 나의 목표를 다시 새겨보세요.
작은 흔들림이 생길 때마다 목표를 되새기는 것이야말로
습관을 유지하는 가장 강력한 방법입니다.

📖 나의 오늘을 위한 실천 문장

1. 매일 아침 또는 공부를 시작하기 전에,

   "나는 왜 공부하는가?" 라는 질문을 자신에게 던져 보세요.

2. 목표를 종이에 적어 책상이나 노트에 붙여두고,

   흔들릴 때마다 다시 읽어보세요.

3. 공부하기 싫을 때는,

   이 공부가 내 미래에 어떤 영향을 줄 것인지 떠올려 보세요.

4. 나태해지고 싶을 때마다,

   "오늘의 선택이 나의 미래를 만든다!"라는 다짐을 해보세요.

60. 나만의 계획표를 통해 스스로를 관리하자.

공부 루틴은 의지만으로 유지되지 않는다.
기록하고, 보상하고, 점검하며, 실패해도
다시 시작해보자.

공부 루틴을 만들었다면, 이제 그 루틴을
꾸준히 실천하고 유지하는 것이 중요합니다.

하지만 처음에는 작심삼일이 될 수도 있고,
바쁜 일정 때문에 루틴을 지키지 못하는 날도 생길 수 있습니다.
이럴 때 필요한 것이 바로 '자기 관리' 능력입니다.

스스로가 공부 루틴을 지키는 관리자(감독관)가 되기 위해
다음과 같은 방법을 실천해 보세요.

1. 계획을 구체적으로 세우고, 가시화하기:
　 루틴은 머릿속에만 두는 것이 아니라,
　 실제 눈으로 볼 수 있도록 기록하는 것이 중요합니다.

2. '나만의 벌칙과 보상'을 설정하기:
　 사람은 보상과 벌칙이 있을 때, 동기부여를 높일 수 있습니다.

3. '하루 점검 시간'을 만들기:
　 매일 자기 전, "오늘 루틴을 잘 지켰는가?"에 대해
　 점검하는 시간을 가져보세요.

4. 루틴을 지키지 못한 날, 좌절하지 말고 다시 시작하기:
　 루틴을 어겼다고 해서 포기하면 안 됩니다.
　 한두 번 실패해도 다시 돌아오면 됩니다.

📖 나의 오늘을 위한 실천 문장

1. 오늘의 공부 루틴을 플래너나 노트에 적고, 체크해 보세요.

2. 하루 공부 루틴을 지킬 때마다
   작은 보상을 자신에게 선물해 보세요.

3. 자기 전에 하루 공부 루틴을 점검하며,
   얼마나 실천했는지 점수를 매겨보세요.

4. 루틴을 어긴 날에도 좌절하지 말고,
   내일 다시 시작할 수 있도록 계획을 세워보세요.

5. 공부할 때 타이머를 활용해,
   공부 시간과 쉬는 시간을 효과적으로 관리해 보세요.

"진로는
나를 알아가며,
작은 시도와
경험을 통해
나만의 길을
만들어가는
과정이다."

강 란 작가

PART IV
너의 '진로'를
응원해!

61. 나답게 최선을 다하자.

내가 가야 할 길은
누구와도 비교할 수 없는 단 하나의 길이다.
남의 인정을 좇기보다, 삶이 준 기적을 믿고
진정 내가 원하는 길을 찾아가자.

어찌 보면 우리는 이 삶이 기적이라는 것을
배우기 위해 태어난 것인지도 모릅니다.
그러니 너무 잘하려고, 실수하지 않으려고 조바심 내지 마세요.
사회라는 공동체에 해악을 끼치지 않는 선에서
자기가 좋아하는 일이 무엇인지 알아 가면 됩니다.

우리에겐 누구나 인정욕구를 가지고 있어,
자연스럽게 최고가 되기 위해 애쓰고
그러면서 상처를 주고받기도 합니다.
누구는 이것을 인정중독이라고 하는데,
이것이 진짜로 중독이 된 사람은
스스로 이 욕구가 충족되지 않았을 때
극심한 고통과 불행을 느낀다고 합니다.

그러니, 너무 완벽해지려고 하지 않아도 됩니다.
처음이라 서툰 것이지, 못하는 것이 아니니까요.
그냥 나답게 최선을 다하면 됩니다.

때로는 그 길이 다른 사람과 달라서
'도로 없음'으로 막힐 때도 있겠지만,
여러분 자신의 길을 찾아갈 수 있을 겁니다.

내 삶의 주인공은 바로 나 자신입니다.
다른 사람들이 나를 어떻게 생각하는 지보다
내가 나를 어떻게 생각하는지가 중요합니다.
가장 나다운 길이 어떤 것인지에 대한 고민을 더 많이 하세요.

62. 진로는 내 삶을 살아가는 것이다.

남이 정한 방향으로 달리다 보면,
언젠가 내가 누구였는지조차 잊게 된다.
진로는 나를 묻는 질문에서 시작되고,
나를 살리는 답으로 완성된다.

진로는 사람이 살아가는 동안의
모든 경험과 활동입니다.

그래서 내가 하고 싶어 하는 일을 하지 못한다는 것,
자기가 잘할 수 있는 일이 무엇인지 모른다는 것은
자기 삶을 '나'로 살아가기 어렵다는 것입니다.

더 불행한 것은
이런 질문조차 하지 못한 채,
떠밀리듯 대학에 가고
남들이 부러워할 법한 직업을 찾고
또 세상이나 다른 누군가의 욕망대로
살아가는 것이라고 생각합니다.

언제나 지금이 가장 빠른 때입니다.
지금이라도 내 삶을 살아가기 위해
내 욕망과 내 능력에 대해 깊이 있게 자각하면서
진로를 찾아갈 수 있기를 바랍니다.

타인에게 알리기 위한 공부가 아닌
여러분 자신이 되기 위한 공부를 하세요.

63. 세상과 소통하며 나를 알아가다.

진로의 첫 단추는
'나'를 명확히 말할 수 있는 힘이다.
세상이 원하는 나와, 내가 원하는 나 사이에서
단단한 나를 만들어가는 여정이
바로 진로 탐색이다.

진로 탐색의 첫 단추는
자신을 제대로 알아가는 겁니다.

다시 말해
자기 자신에 대해 정확히 알고
과거와 현재 그리고 미래에 대해
분명하게 이야기할 수 있어야 하는 것이죠.

뭘 하고 싶은지?
뭘 먹고 싶은지?
뭘 배우고 싶은지?
누가 물어보면 빠르게 대답할 수 있어야 하는 겁니다.

이건 많이 경험하면 알 수 있습니다.
세상과 소통하며 '단단한 나'를 만드세요.

내가 생각하는 나다움과
세상이 요구하는 나다움을 비교해 보며
어떻게 살아갈지 알아가는 겁니다.

내가 어떤 사람인지 잘 알기 위해
세상에 많은 다른 사람들과 소통하세요.

64. 문제해결능력 기르기

꿈을 이루기 위해서는
문제를 마주하고 해결하려는
태도가 필요하다.

우리는 살면서 실수나 실패를 종종 경험합니다.
자신의 미래를 결정하는 순간에도 마찬가지일 겁니다.

그러나 잘못된 선택을 했을지라도
자책하거나 좌절하지 않고,
문제해결능력을 기르는 과정이라고 생각하세요.

문제가 없는 인생이 없듯이,
쉽게 이룰 수 있는 꿈도 없습니다.
따라서 문제해결 능력을 기르는 것은
나답게 살기 위해 필요한 역량이죠.

아무리 열정이 충만해도
문제를 해결할 능력이 없으면
꿈을 이루기 어렵기 때문입니다.

문제가 생겼을 때,
걱정하거나 회피하기보다는
적극적으로 해결을 하려고 노력하세요.

가장 먼저 해야 할 일은
해결해야 할 문제가 무엇인지 정확히 아는 겁니다.

📖 나의 오늘을 위한 실천 문장

문제해결 노트를 하나 만드세요.
일상생활에서 생기는 문제와 해결 방법들을 기록하세요.
해결책 중에 가장 실현 가능성이 높은 것을 찾아보고,
예상되는 결과도 적어 보는 겁니다.

65. 진로는 단순히 직업 선택이 아닙니다.

진로는
'나'라는 사람을 이해해가는 여정이다.
내가 좋아하고 잘하는 것,
그리고 그것으로 무엇을 이루고 싶은지를
깊이 생각할 때,
진짜 진로가 보인다.

진로 탐색을 위해
진로 검사를 받고,
진로 탐방을 가고,
진로 특강도 듣지만,
결국 자신의 진로를 찾지 못하고
고민하는 중고등학생들이 많습니다.

내가 조금 알고 있는 것이
그나마 잘 맞을 것이라고 생각하고
진로를 선택하기도 합니다.

지금의 우리 아이들이 살아갈 세상은
앞으로 더 복잡하고 예측하기 어렵습니다.

단순히 진로를 직업 선택이라고 생각하지 말고,
내가 누구인지, 뭘 좋아하고 잘하는지,
구체적인 목표는 무언인지에 대해
신중하게 생각해 보는 시간을 가졌으면 좋겠습니다.

📖 **나의 오늘을 위한 실천 문장**

나만의 만다라트를 작성하세요.
이루고 싶은 목표를 정하고,
목표를 이루기 위한 세부 사항들을
작성하는 데 매우 유용한 도구입니다.
메이저리그에서 강속구 투수이자 홈런 타자로 유명한
오타니 쇼헤이의 만다라트를 참고하는 것도 좋은 방법입니다.

66. 나는 무슨 일하며 살아야 할까?

진로는 정해진 운명을 따르는 것이 아니라,
자신이 좋아하고 소중히 여기는 것을 통해
스스로 길을 만들어가는 과정이다.

인생은 정해진 것이며,
그래서 운명은 피할 수 없다고
생각하지 않았으면 합니다.

강력한 열망을 갖고,
원하는 것을 얻기 위해 노력한다면,
미래는 스스로 개척할 수 있다는
믿음을 가졌으면 합니다.

자신을 소중히 여기며
진정한 나를 찾기 위해
좋아하는 일을 경험해 보세요.

올바른 가치관을 바탕으로
진로를 설계하면서
자신만의 삶을 만들어 갔으면 합니다.

힘만 드는 일이 아니라,
가슴 설레는 일을 찾게 될 겁니다.

아직 꿈을 정하지 못했다면,
주변에서 좋다고 하는 직업만 쫓아가지 말고,
진정으로 뭐를 해야 행복할지,
뭐를 좋아하는지를 고민하고 도전해 보세요.

67. 어떤 사람으로 기억되길 바라나요?

나의 재능은 단지 성공을 위한 도구가 아니라,
누군가의 삶을 바꾸고
세상을 조금 더 나아지게 만들 수 있다.

이태영 변호사는 한국 최초의 여성 인권변호사로
한국 여성 인권 발전에 한 획을 그은 인물입니다.

그녀는 일제강점기 때, 모진 고생을 하면서도
변호사가 되기까지 포기하지 않았습니다.

'여성 인권'이라는 개념조차 제대로 형성되지 않았던 시절,
스스로 학비를 벌어 법학과에 진학하였고,
남성 위주의 가족법을 개정하는 데 크게 기여했습니다.

남편에게만 인정되었던 부부의 재산에 대해
부부가 공동으로 권리를 가질 수 있게 만들었고,
자녀의 성별 상관없이 모두 균등하게
재산을 상속받을 수 있게 하였습니다.

변호사라는 직업을 통해 많은 돈을 벌 수도 있었지만,
왜 여성 인권 전문가로서 어려운 길을 선택했을까요?

어려운 사람들을 돕는 그 자체만으로도
행복과 보람을 느낄 수 있었던 것은 아닐까요?

나의 오늘을 위한 실천 문장

여러분들의 재능은 주변 사람들에게 많은 도움을 줄 수 있습니다.
그러니 어른이 되어 사회에 진출했을 때,
어떤 도움을 줄 수 있을지 생각해 보세요.
자신의 선택을 통해 물음표를 느낌표로 만들며,
영원히 빛나는 별로 역사에 기록될 수 있음을
잊지 않았으면 좋겠습니다.

68. 나의 진짜 꿈을 찾아서 진로를 개척하자.

진짜 꿈은
누군가의 길을 따라가며 찾는 것이 아니라,
스스로 묻고 고민하며 만들어가는
나만의 길에서 피어난다.

아무런 고민 없이,
주변에서 정해놓은 성공 방식에 따르거나
혹은 돈과 명예만 좇는다면,
여러분들이 원하는 진짜 꿈을 찾을 수 없습니다.

자유학기제, 진로 교육, 창의 체험학습,
고교학점제 등이 왜 필요할까요?

자신을 이해하고, 목표를 계획하고,
목표를 달성하는 과정에서
지혜로운 선택을 할 수 있는
역량을 키우기 위해서 필요한 것이 아닐까요?

고민하는 것이 힘들고 어렵다고
남들 하는 대로 따라만 하지 말고,
스스로 생각하고 판단하는 역량을 키우세요.

나의 오늘을 위한 실천 문장

자신이 바라는 꿈을 정하고,
실제 되고 싶은 모습에 대해
구체적으로 기록해 보세요.
계속해서 기록하고 점검하다 보면,
반드시 원하는 목표를 달성하게 될 겁니다.

69. 우리 뇌는 생각하는 대로 꿈꾼다.

막연하게 꿈만 꾸지 말고,
이미 이룬 사람처럼 상상하고 행동해야
현실이 된다.

생생하게 꿈을 꾸면,
현실이 될 가능성이 높다고 합니다.

이때 중요한 것은
그냥 꿈만 꾸는 것이 아니라,
이미 그 꿈을 이룬 사람처럼
상상하는 것이 중요합니다.

막연하게 꿈만 꾸지 말고,
구체적으로 목표를 세우고,
마치 그 목표를 이룬 사람처럼 행동해 보세요.

그렇게 하면, 우리 뇌는 성공한 사람처럼
생각하고 행동할 수 있도록 활동하게 됩니다.

나의 오늘을 위한 실천 문장

자신이 꿈꾸고 있는 것을
포스트잇에 적어, 책상 앞에 붙이세요.
매일 포스트잇에 적힌 문구를 보면서
성공한 모습을 상상해 보세요.

70. 독서의 힘

미래를 이끄는 인재가 되기 위해
가장 먼저 갖춰야 할 것은
스스로 배우는 힘이다.
그 힘을 기르는 가장 확실한 방법은,
묵묵히 책을 읽는 습관이다.

미래 지능정보사회에서는
어떤 인재가 살아남을 수 있을까?

무엇보다 미래를 이끌 인재가 되기 위해서는
자기주도 학습 능력을 키워야 합니다.

그렇다면 자기주도 학습 능력을 키우는
가장 확실한 방법은 뭘까요?

바로 책 읽는 습관입니다.
독서는 단순히 지식을 쌓는 것을 넘어서,
스스로 질문하고 답을 찾는 힘을 기르게 하니까요.

목표를 세우고 실행하는
자기주도 학습 능력이
자연스럽게 향상되는 겁니다.

📖 나의 오늘을 위한 실천 문장

좋아하는 주제의 책을 읽어 보세요.
몰입해 읽는 경험을 하게 될 것이고,
그 경험은 학습의 주도권을 갖게 하는 데 도움이 될 테니까요.

71. 미래의 나를 위한 보험 가입

아직 꿈이 분명하지 않다면
공부는 가장 현실적인 보험이 된다.
공부는 미래의 내가
더 많은 선택을 할 수 있도록 도와줄 것이다.

진학 상담을 하다 보면,
하위 등급을 가진 학생이 원하는 학교에
진학하기 어려운 상황을 많이 접하게 됩니다.

안타깝게도 성적이 좋지 않을 경우,
원하는 결과를 얻기가 어려운 것이 현실입니다.

물론 공부하지 않는다고 실패하는 건 아닙니다.
성공 방식이 다양해지면서,
반드시 좋은 대학을 졸업해야
성공하는 것은 아니니까요.

하지만 뭘 해야 할지 잘 모르겠다면,
최소한 보험 하나 들어 놓으면 어떨까요?

20대가 되어 하고 싶은 일이 생겼을 때,
그래도 좋은 대학에 있다면,
선택할 수 있는 폭이 넓으니까요.

미래의 자신을 위해
지금 할 수 있는
공부에 집중해 보는 겁니다.

10년 후, 20년 후 자신에게 떳떳하기 위해
지금 주어진 일에 최선을 다하는 겁니다.

72. 생각 연습을 통해
더 나은 인생을 만들 수 있다.

생각은 삶을 바꾸는 연습이다.
생각 연습은
결국 나만의 길을 찾게 하는
무기가 된다.

생각은 삶을 바꾸는 연습입니다.

일을 해결하고 결정하는 과정에서
우리는 더 창의적으로,
더 의미 있게 사는 법을 배웁니다.

이 '생각 연습'은
곧 '나를 인식하는 연습'이 되고,
그 순간부터 진짜 나의 길을
찾아가는 여정이 시작됩니다.

나의 오늘을 위한 실천 문장

하루에 단 10분이라도 자신에게 질문해 보세요.
'지금 내가 하는 생각은 나를 더 나아지게 만드는가?'
이런 생각 훈련은 나를 객관적으로 바라보게 하고,
진짜 원하는 삶의 방향을 찾는 힘이 됩니다.

73. 나만의 재능을 찾아서

꿈은 어느 날 아침
문득 떠오르는 것이 아니다.
사소한 재능이라고 생각하는 것도
그냥 지나치지 말자.
나의 길이 될 수도 있다.

꿈은 어느 날 아침에
갑자기 떠오르는 것이 아닙니다.
오랜 시간 동안 자신을 들여다보고,
작지만 꾸준한 노력을 반복하는 과정에서 만들어집니다.

예를 들어, 그림을 좋아하던 한 학생이 있었습니다.
처음엔 단순히 낙서하는 게 재미있었지만,
매일 그림을 그리면서 자신만의 스타일을 찾았고,
나중엔 디자인 분야로 진로를 넓히며
'내가 진짜 잘할 수 있는 일'을 발견했습니다.

이처럼, 지금 좋아하는 일도
아주 작은 시작일 수 있습니다.

중요한 건 지금의 재능과 관심을 믿고,
그것을 끊임없이 다듬고 탐색하는 용기입니다.

📖 나의 오늘을 위한 실천 문장

좋아하는 일이 있다면,
매일 10분이라도 시간을 투자해 보세요.
작은 실천이 재능을 다듬고, 미래를 만들어갑니다.

74. 다양한 경험을 하자.

적성에 맞는 일이 뭔지 몰라도 괜찮다.
다양한 경험을 쌓다보면,
언젠가 '진짜 나'를 만나게 될 테니까.

자기 적성에 꼭 맞는 일을
하는 사람은 생각보다 많지 않아요.
어쩌면 우리나라에서는 1%도 안 될 수 있어요.

직업을 선택할 땐 적성 외에도
수입, 안정성, 근무 환경 등
여러 요소가 영향을 미치거든요.

소설가 박완서 선생님도
처음엔 적성에 맞지 않는 백화점 점원으로 일했어요.
하지만 그 일을 하며 수많은 사람을 만나고,
다양한 상황을 겪으며 '또 다른 나'를 발견했죠.
그 경험이 결국 글을 쓰는 삶으로 이어졌어요.

그래서 지금 여러분에게 필요한 건,
지금 하는 일에 최선을 다하며
나를 탐색하는 태도예요.

다양한 경험을 하며,
나만의 색을 하나씩 쌓아가는 것,
그게 진짜 진로 탐색입니다.

나의 오늘을 위한 실천 문장

관심 가는 분야가 있다면
작은 활동부터 직접 해보세요.
생각보다 많은 길은
'우연히 부딪힌 경험'에서 시작됩니다.

75. 미래는 내가 만들어 가는 것

미래는 정해진 운명이 아니라
내가 만들어가는 결과다.
문제를 피하지 않고
해결하려는 태도에서
진짜 미래가 시작된다.

미래는 운명이 정해주는 게 아니라,
내가 만들어가는 것입니다.

학교 축제에서 발표 순서를
계속 놓치는 친구가 있었어요.

그 친구는 다음 해엔
직접 운영진이 되어
발표 순서를 공정하게 조정하는
시스템을 만들었죠.

문제를 피하지 않고
해결하려는 태도가,
바로 미래를 바꾸는 시작입니다.

나의 오늘을 위한 실천 문장

불편하거나 아쉬운 점이 보이면 그냥 넘기지 말고,
'내가 바꿔볼 수 있을까?'를 먼저 생각해 보세요.
작은 제안 하나, 새로운 역할 하나가
내 삶을 바꾸는 시작이 될 수 있습니다.
미래는 준비된 사람이 아니라,
움직이는 사람이 만들어갑니다.

76. 다른 사람이 가지 않는 길도 가보자!

남들이 피하는 일에 기꺼이 도전하는 태도,
그 안에서 자기만의 가치를 발견할 수 있다.
작은 아이디어라도 행동으로 옮기는 순간,
평범한 일이 특별한 가능성으로 바뀐다.

예상치 못한 곳에서
나만의 가치를 만들고 싶다면,
작은 아이디어라도 스스로
실천해 보는 태도가 필요합니다.

예를 들어, 발표 수업에서
친구들이 꺼리는 주제를 일부러 선택해
깊이 있게 준비한 학생이 있었어요.

그 친구는 발표 후
선생님과 친구들에게 주목받았고,
그 경험이 자신감을 키워주었죠.

프로는 실수를 줄이기 위해 노력하고,
목표를 향해 스스로 기준을 세웁니다.

남들이 대충 넘기는 일에서도 힌트를 찾고,
나만의 방식으로 삶에 녹여내는 것,
그게 바로 '자기만의 가치'를 만드는 첫걸음입니다.

📖 나의 오늘을 위한 실천 문장

남들이 쉽게 지나치는 일 속에서도 힌트를 찾아보세요.
작은 아이디어라도 직접 시도하고,
자신만의 방식으로 풀어내는 연습이 필요합니다.
그런 경험이 쌓일수록, 나만의 가치와 길이 만들어집니다.

77. 내 삶의 주인은 나야!

진짜 변화는 외부가 아닌,
내 생각을 바꾸는 데서 시작된다.

문제가 생겼을 때,
남과 비교하거나 불평하기 전에,
지금 내 상황을 정확히
바라보는 연습을 해보세요.

'지금 나는 왜 이 자리에 있을까?',
'무엇을 할 수 있을까?'를
스스로 묻는 것이
바로 자기 주도적인 삶의 시작입니다.

진짜 변화는 바깥이 아니라,
내 생각에서부터 시작됩니다.

나의 오늘을 위한 실천 문장

하루에 한 번, 자신에게 질문해 보세요.
'나는 지금 어떤 감정이고,
왜 이런 감정을 느끼고 있을까?'
이 작은 질문이 나를 객관적으로 바라보게 하고,
문제를 해결할 실마리를 줍니다.

78. 남 탓보다 나를 돌아보자.

실패를 남 탓으로 돌리면
그 순간이 끝이지만,
실패를 점검으로 삼으면
다음은 달라질 수 있다.

시험을 망쳤을 때,
'문제가 너무 어려웠어!'
'운이 없었어!'라고
탓하고 끝내기 쉽습니다.

하지만 잠깐 멈춰
'내가 어떤 부분을 덜 준비했는지'를 생각해 보면,
다음엔 같은 실수를 줄일 수 있어요.

불쾌한 상황일수록
남 탓보다 나를 돌아보는
연습이 필요합니다.

📖 나의 오늘을 위한 실천 문장

힘든 일이 생기면 먼저 남 탓을 하기보다,
'내가 배울 점은 없을까?'를 자신에게 물어보세요.
그 질문 하나가 내 감정을 조절하고,
다음 선택을 더 나아지게 만듭니다.

79. 나는 안 될 거라는 생각에서 벗어나기

생각만 하는 꿈은
머릿속에 남지만,
지금 하는 작은 실험은
미래를 바꾼다.

무언가를 시작하기에
가장 좋은 시간은 지금입니다.

예를 들어, 해외 유학이 꿈이라면
'언젠가' 생각만 하지 말고,
오늘 바로 가고 싶은 나라와 전공 학과를 검색해 보세요.

그 작은 검색 하나가
나만의 미래를 여는 첫 실험이 됩니다.

에디슨도 수천 번의 실패 속에서 성공을 찾았듯이,
지금 여러분의 작은 시도도 '성공으로 가는 실험'입니다.

📖 나의 오늘을 위한 실천 문장

하고 싶은 일이 있다면
오늘 단 10분이라도 관련 정보를 찾아보세요.
생각만 하는 것과 움직이는 것 사이에는 큰 차이가 있습니다.
작은 시도가 쌓여야, 진짜 기회가 찾아옵니다.

80. 이 세상에 완벽함은 없다.

진짜 완벽은
작은 시도들이 쌓여 만들어진다.
멈춰 있지 말고,
일단 한 걸음을 내딛어야 한다.

요즘 한국, 일본, 홍콩의 MZ세대 중엔
진로를 고민하다가 방 안에 틀어박히는
'히키코모리' 현상이 늘고 있어요.

'할 수 없을까 봐', '실패할까 봐'
아무것도 시작하지 못하고 멈춰 있는 거죠.

하지만 완벽주의자였던
레오나르도 다빈치도 미완성 작품이 많았고,
라이트 형제는 비행기를 만들기 위해
200번 넘게 날개를 바꿔가며 실패를 반복했어요.

중요한 건, 결과가 아닌
'최선을 다해보는 태도'입니다.

실패가 무서워도, 도전하고 시도하는
그 과정이 진짜 완벽을 만들어갑니다.

나의 오늘을 위한 실천 문장

완벽한 준비보다, 불완전한 시작이 더 중요해요.

작은 일이라도 오늘 바로 시도해 보세요.

실패는 방향을 바꿔줄 뿐, 여러분들을 멈추게 하진 않아요.

"생각은
질문에서
시작되어,
나만의 시선으로
해석하고
삶의 방향을
스스로 설계하게
하는 힘이다."

이정환 작가

PART V
너의 '생각'을
응원해!

81. 관점을 바꾸면 생각이 달라진다.

관점은 사물을 보는 눈이 아니라,
세상을 해석하는 나만의 언어다.
똑같은 상황도 어떻게 보느냐에 따라
느끼는 감정과 선택이 달라진다.

우리는 매일 같은 교실,
같은 수업, 같은 사람을 보지만,
그것을 어떻게 바라보느냐에 따라
느끼는 감정과 떠오르는 생각이
완전히 달라질 수 있어요.

관점은 단순한 시선이 아니라,
세상을 해석하는 나만의 필터가 됩니다.
예를 들어, 누군가는 실수를
'부끄러운 일'이라고 보고,
누군가는 '더 성장할 기회'라고 생각하죠.

이처럼 관점을 바꾸면 똑같은 상황에서
완전히 다른 해답을 찾을 수 있어요.

어떤 관점으로 세상을 보고 싶나요?

📖 나의 오늘을 위한 실천 문장

오늘 하루 중 '짜증났던 순간'을 하나 떠올려 봐요.
그때 왜 그런 기분이 들었는지 써보고,
그 상황을 '다른 관점'에서 다시 해석해보세요.
예를 들어 "선생님이 지적해서 창피했어."
→ "선생님이 나를 더 성장시키고 싶어했구나."처럼요.
관점을 바꾸면 감정도, 생각도 달라진다는 걸 느껴볼 수 있어요.

82. 관점을 디자인하는 힘

세상은 바뀌지 않는다. 바뀌는 건,
그 세상을 바라보는 나의 관점이다.
관점을 바꾸면,
행동이 달라지기 시작할 것이다.

우리는 세상을 있는 그대로 보는 것 같지만
사실은 각자 다르게 해석하고 있어요.

관점을 디자인한다는 건,
세상을 바라보는 내 시선을
내가 직접 고른다는 뜻이에요.

예를 들어 친구가 나를 지나치게 지적할 때
'날 싫어하나?'라는 관점이 아니라,
'나를 더 잘 알기 때문에
솔직하게 말해주는 게 아닐까?'라는
관점을 선택할 수 있죠.

생각보다 우리는 감정이나 기분이 아닌,
관점에 따라 행동이 달라져요.
학생인 여러분도 자신의 시선을 바꾸는
연습을 통해 더 긍정적이고
유연한 사고를 키울 수 있어요.

📖 나의 오늘을 위한 실천 문장

오늘 하루 중에 겪은 '불편했던 상황'을 떠올려 봐요.

그 상황에 대해 '내가 다른 관점에서 본다면

어떤 의미가 될까?'라는 질문을 던져보세요.

예를 들어 '숙제가 많아서 힘들었어.'를

'이건 내가 더 발전할 수 있는 기회야'라고

스스로 관점을 바꿔보는 거예요.

그런 식으로 자신만의 시선을 새롭게 디자인해 보세요.

83. 말은 곧 생각이다.

입 밖으로 나오는 말이
나의 생각을 만든다.
말이 바뀌면,
나의 하루가 달라진다.

말은 단순히 의사 표현을 넘어서,
우리의 생각을 정리하고
삶을 움직이는 힘이 있어요.

어떤 말을 하느냐에 따라
나의 생각이 달라지고,
주변 사람과의 관계도 변해요.

예를 들어 "나는 원래 수학 못 해"라고
자주 말하면, 나의 뇌도 그 말에 익숙해져
더 이상 도전하지 않게 돼요.

말은 생각을 이끌고, 생각은 행동을 바꾸죠.

📖 나의 오늘을 위한 실천 문장

오늘 하루 동안 친구나 가족,
혹은 나 자신에게 한 말을 떠올려 보세요.
부정적인 표현이 있었다면
'어떻게 긍정적으로 바꿀 수 있을까?'를 생각해 보고,
다시 말로 바꿔보는 연습을 해보세요.

84. 언어를 바꾸면 인생이 달라진다.

자주 쓰는 말이 나의 생각을 만들고,
그 생각이 나의 세상을 정한다.

우리는 우리가 자주 사용하는
단어에 영향을 받아요.

자주 부정적인 단어를 쓰면
마음도 우울해지고,
긍정적인 표현을 쓰면
기분도 점점 좋아져요.

내가 사용하는 말이 바로
'내 사고방식의 뿌리'가 되기 때문에,
언어를 바꾸면 삶을 바라보는 방식도 바뀌고,
결국 행동도 변하게 돼요.

나의 오늘을 위한 실천 문장

하루 동안 나에게 자주 하는 말을 떠올려 보세요.
"난 안 될 거야" 같은 말 대신
"나는 계속 나아지고 있어"라는 표현을 사용해 보세요.
나의 말이 나를 끌고 갈 거예요.

85. 나의 생각이 나를 만든다.

생각은 씨앗이다.
무심코 품은 생각이 나의 말이 되고,
결국 나의 삶이 된다.

지금의 나는 어쩌면 수많은 '나는 안 돼'라는
생각 속에서 만들어진 모습일 수도 있어요.

하지만 '나는 할 수 있어'라는
생각을 꾸준히 품으면,
여러분은 정말 그렇게 변하게 됩니다.

생각은 습관이 되고,
습관은 나의 성격이 되고,
성격은 결국 나의 미래를 결정해요.

지금 이 순간, 품고 있는 생각이
미래의 자신을 만들고 있다는 걸
꼭 기억해야 해요.

오늘 하루 동안 "나는 어떤 사람이 되고 싶은가?"를
자신에게 물어보세요.
그 답을 한 문장으로 적고,
종이에 붙여두고 하루에 세 번 큰 소리로 읽어보세요.

86. 생각을 다스리는 사람이 인생을 이끈다.

흔들리는 건 상황이 아니라,
그걸 바라보는 내 생각이다.
생각을 붙잡으면
나를 잃지 않는다.

부정적인 생각이 자신을 지배하게 놔두면,
기회가 와도 두려움에 멈추게 되고,
여러분이 할 수 있는 일조차 놓치게 돼요.

반대로 나 스스로 생각을 다스릴 수 있다면,
상황에 흔들리지 않고
원하는 방향으로 나아갈 수 있어요.

생각이 흔들리면 모든 게 흔들립니다.

📖 나의 오늘을 위한 실천 문장

오늘 하루, 걱정되었던 순간을 떠올려보고
"내가 할 수 있는 것은 무엇일까?"라고 질문해 보세요.
'뭘 해도 안될 거야.'라는 부정적 생각대신,
상황을 해결할 수 있는 방법을 찾을 수 있을 거예요.

87. 생각의 깊이는 질문의 깊이에서 나온다.

공부는 답을 찾는 일이지만,
질문은 나를 찾는 일이다.

질문은 단순히 모르는 것을 묻는 것이 아니라,
무엇을 더 알고 싶은지 탐색하는 시작점이에요.

좋은 질문은 생각을
더 깊게 만들어주고,
평범한 사실 속에서
특별한 통찰을 끌어냅니다.

공부를 잘하는 사람보다,
질문을 잘하는 사람이
결국 더 넓고 깊은 사고력을 갖게 돼요.

나의 오늘을 위한 실천 문장

오늘 수업에서 들은 내용 중
궁금했던 점을 한 가지 적어보세요.
그 질문에 대한 답을 스스로 찾아보세요.
또는 친구, 선생님께 물어보며
생각의 깊이를 확장해 보세요.

88. 인생은 질문의 연속이다.

질문은 생각의 발걸음이다.
묻는 만큼,
더 멀리 나아간다.

생각은 멈춰있는 게 아니라,
계속 흘러가는 흐름이에요.
그 흐름을 따라가게 하는 힘이 바로 '질문'입니다.

스스로 묻고, 스스로 답하는 과정을 반복하면서
여러분은 더 넓은 시야를 갖게 되고,
남들과는 다른 삶을 설계할 수 있어요.

질문하지 않는 사람은
생각하지 않는 사람과 같아요.

나의 오늘을 위한 실천 문장

오늘 하루 동안 "왜?"라는 질문을 3번 해보세요.

그냥 넘길 수 있는 일상에서도

"왜 그럴까?", "왜 나는 그렇게 느꼈을까?"를

자신에게 물어보며 생각을 더 깊게 만들어 보세요.

89. 생각하는 인간이란 무엇인가?

생각은
'왜'와 '어떻게'를 묻는
인간만의 특권이다.

AI는 빠르고 똑똑할 수 있지만,
진짜 '생각'은 감정과 가치 판단을
함께 담는 인간만의 능력이에요.

여러분은 단순히 정보를 암기하는 기계가 아니라,
그것을 자신만의 의미로 해석하고
연결할 수 있는 존재예요.

그래서 인공지능 시대일수록 생각하는 능력,
특히 '왜?'라고 묻고
'어떻게 의미 있는 선택을 할 것인가?'를
고민하는 힘이 더 중요해져요.

나의 오늘을 위한 실천 문장

오늘 배운 것 중 하나를 골라,

그게 왜 중요한지 나만의 말로 설명해 보세요.

단순히 "외워야 하니까" 말고,

"이걸 어디에 쓸 수 있을까?"라는

질문을 스스로 던져보는 거예요.

90. 생각은 연결이다.

배운 것들을 연결해 보자.
전혀 새로운 길을 만들 수 있다.

생각은 연결이에요.

학교에서 배우는 수학, 과학, 문학이
따로 있는 것 같지만,
그걸 연결할 줄 아는 사람이
세상을 바꾸는 아이디어를 만들 수 있어요.

생각을 연결하는 훈련은 문제를 다르게 보고,
더 좋은 해결책을 찾는 데 꼭 필요해요.

여러분도 지금부터 사소한 것들을
연결해 보는 연습을 해보는 겁니다.

나의 오늘을 위한 실천 문장

오늘 배운 두 과목의 내용을
연결해 보는 놀이를 해보세요.
예를 들어, "과학 시간에 배운 원심력과
체육 시간의 원반던지기에는 어떤 연결이 있을까?"처럼
전혀 다른 주제를 연결하는 시도를 해보는 거예요.

91. 배움은 '다시 생각하는' 과정이다.

진짜 배움은
'안다'고 멈추지 않고,
'다시 볼 때' 시작한다.

우리는 뭔가를 '이미 알고 있다'고
생각하는 순간 생각을 멈춰요.

하지만 진짜 배움은 이미 알고 있다고
믿는 것을 새롭게 보는 데서 시작돼요.

'다시 배운다'는 건,
내가 아는 걸 의심해 보고,
더 나은 방식으로 이해하려는 노력을 말해요.

그래서 진짜로 배우려는 사람은
같은 수업도, 같은 책도
다르게 받아들일 수 있어야 합니다.

📖 나의 오늘을 위한 실천 문장

오늘 배운 것 중에서 "이건 너무 쉬워"라고
생각했던 내용을 하나 골라보세요.
그리고 그것을 '진짜로 나는 왜 이렇게
알고 있는 걸까?' 하고 다시 물어보세요.
스스로 설명해 보면서 생각이 더 깊어지는 걸 느껴보세요.

92. 질문은 배움의 연료이다.

질문은 공부의 시작점이자,
생각을 목적지로 이끄는
나침반이다.

공부할 때 그냥 외우는 건 생각이 아니에요.
'왜?'라는 질문이 있어야 생각이 시작돼요.

질문은 배움의 방향을 정해주는 나침반 같아요.
질문이 없는 공부는 방향 없이 걷는 것과 같고,
질문이 있는 공부는 목적지에 가까워지는 길이에요.

질문은 단지 궁금한 게 아니라,
더 알고 싶고 더 성장하고 싶은 마음에서 나와요.

나의 오늘을 위한 실천 문장

오늘 수업을 들으며
가장 궁금했던 점을 하나 적어보세요.
왜 그런 질문이 들었는지, 그리고 그 답을
찾는 과정을 일기처럼 정리해 보세요.
질문이 생각을 깊게 해줘요.

93. 좋은 생각은 준비된 질문에서 나온다.

답보다 중요한 건 질문이다.
질문이 달라지면,
인생의 방향도 달라진다.

사람들은 답을 찾는 데 익숙하지만,
더 중요한 건 좋은 질문을 던지는 능력이에요.

문제를 해결하기 위한 가장 빠른 길은
질문을 다시 던져보는 거예요.

예를 들어, "왜 공부하기 싫지?"라는 질문보다
"어떻게 하면 재미있게 공부할 수 있을까?"라는
질문은 완전히 다른 방향으로 이끌어요.

질문이 바뀌면 생각이 바뀌고,
태도도 바뀔 수 있어요.

📖 **나의 오늘을 위한 실천 문장**

오늘 자신에게 한 질문 중에서
가장 자주 떠오르는 질문을 하나 골라보세요.
그 질문을 더 긍정적이고 건설적인 방향으로
바꿔 써보고, 어떤 변화가 생기는지 느껴보세요.

94. 생각은 혼자 있는 시간에 자란다.

진짜 생각은 고요한 틈에서 자란다.
아무것도 하지 않을 때,
비로소 모든 것이 연결된다.

요즘은 늘 뭔가를 보고 듣고 있죠.
핸드폰, 유튜브, 음악…

그런데 진짜 생각은 아무것도 하지 않는
고요한 시간에서 자라요.

혼자 있는 시간, 가만히 앉아 생각하는 시간에
머릿속에서 새로운 연결과 상상이 시작돼요.

그래서 좋은 생각을 가진 사람들은
멍때리는 시간도 귀하게 여겨요.

📖 **나의 오늘을 위한 실천 문장**

오늘 하루 10분만 조용히 앉아서
아무 소리도 영상도 없이
'내가 지금 가장 하고 싶은 생각은 뭘까?'라고
자신에게 물어보세요.
그 생각을 그대로 써보는 시간도 가져보세요.

95. 생각은 훈련이다.

좋은 생각은 연습 끝에 온다.
매일 조금씩 고민하는 사람이
결국 생각의 고수가 된다.

생각도 근육처럼 연습할수록 단단해져요.
그냥 가만히 있다고 좋은 아이디어가 생기지는 않아요.

매일 작은 문제라도 스스로 고민하고,
다른 사람의 입장에서 생각해보고,
여러 가능성을 따져보는 과정이 필요해요.

고수는 한 번에 답을 찾는 사람이 아니라,
수없이 생각하고 또 생각하는 사람이에요.

지금부터 '생각하는 습관'을 들이면,
여러분도 고수처럼 성장할 수 있어요.

📖 나의 오늘을 위한 실천 문장

오늘 하루 중 가장 기억에 남는 일을 떠올려보고,
그 상황에서 '다른 선택이 가능했을까?'를 고민해 보세요.
같은 상황을 놓고 3가지 다른 선택지를
상상해 보는 연습을 해보세요.

96. 고수는 실수에서 생각을 건진다.

실수는 틀림이 아니라,
배움이 남긴 흔적이다.
고수는 실수할 때 멈추지 않고,
자신에게 질문한다.

실수를 단지 '틀린 것'이라고 생각하면,
거기서 멈추게 돼요.

하지만 실수 안에는
항상 배우고 성장할 수 있는
단서가 숨어 있어요.

고수는 실수할 때마다
'왜 이런 결과가 나왔지?',
'다음에는 어떻게 해야 하지?'라는
질문을 자신에게 던지면서 더 강해져요.

실수할 때마다 생각을 멈추지 말고,
그 안에서 교훈을 찾는 연습을 해보세요.

📖 나의 오늘을 위한 실천 문장

오늘 실수했던 일이 있다면,
그냥 지나치지 말고 그 순간을 짧게 기록해 보세요.
그리고 '왜 이런 결과가 생겼는지',
'다음에 어떻게 하면 나아질 수 있을지'를
한 문장씩 써보는 거예요.

97. 실패는 더 좋은 생각을 위한 도구다.

실패는 끝이 아니라,
다시 생각하라는 알람이다.
그 안엔 언제나 더 나은 길을
찾을 기회가 숨어 있다.

우리는 실패하면 창피하고,
자신감이 떨어질 것 같아 두려워해요.

하지만 실패는 새로운 길을 찾아보라는
'생각의 알람'이에요.

실패를 겪으면 우리는 더 깊이 고민하게 되고,
더 좋은 방법을 찾게 돼요.

실패는 나를 막는 벽이 아니라,
더 나은 방향으로 돌리는 이정표일 수 있어요.
실패 안에는 항상 '생각할 기회'가 있어요.

나의 오늘을 위한 실천 문장

오늘 '이건 잘 안됐다' 싶은 일을 하나 골라서,
그 일이 왜 그렇게 흘러갔는지,
다음에는 어떻게 다르게 해볼 수 있을지를
자신에게 물어보고 노트에 써보세요.
실패 속에서 더 나은 선택지를 찾아보는 훈련이에요.

98. 실패는 성장의 일부다.

실패는 멈춤이 아니라,
나를 단단하게 만드는 연습장이다.
넘어질수록 생각은 깊어지고,
길은 분명해진다.

실패는 끝이 아니라 과정이에요.
계속 도전하다 보면
실패는 자연스럽게 따라오는
친구 같은 존재예요.

중요한 건 실패를 빨리 경험하고,
거기서 무엇을 배웠는지 생각하는 태도예요.

계속 생각하고, 시도하고,
수정해 가는 과정을 통해
점점 단단해지고 똑똑해지는 거예요.

📖 나의 오늘을 위한 실천 문장

오늘 해본 일 중 '결과가 마음에 들지 않았던 일'을
한 가지 떠올려 보세요.
그 일에 대해 '이건 내게 어떤 배움을 줬을까?'라는
질문을 던져보고, 그것을 성장 기록장에 적어보세요.

99. 질문은 생각의 시작이다.

질문은 모름의 증거가 아니라,
더 알고 싶다는 용기의 시작이다.

질문은 '모른다'는 뜻이 아니에요.
오히려 더 알고 싶고,
더 깊이 이해하고 싶다는 증거예요.

다산 정약용은 무엇이든 끊임없이 묻고
생각했기 때문에 수많은 지혜를 남겼어요.

여러분이 던지는 한마디의 질문이,
생각을 더 깊고 넓게 만들 수 있어요.

질문은 나만의 생각을 시작하는 신호예요.

📖 나의 오늘을 위한 실천 문장

오늘 하루 중 궁금했던 것 한 가지를 적어보세요.
단순히 '이건 왜 이렇지?'라는 수준을 넘어서,
그걸 해결하려면 어떤 정보가 필요할지,
어떤 방향으로 생각의 폭을 넓혀볼 수 있을지를
자신에게 물어보세요.

100. 질문은 방향이다.

질문은
생각을 깨우는 스위치다.
질문을 던지는 순간,
평범한 하루가 탐험이 된다.

질문은 방향이에요.
생각은 질문을 따라 흘러가고,
질문 없는 생각은
목적 없이 맴돌 뿐이에요.

무작정 문제를 풀거나 공부만 하는 건
'기계처럼 사는 것'과 같아요.

"나는 왜 이걸 공부하고 있지?",
"지금 나에게 가장 필요한 건 뭘까?"

이렇게 스스로 질문하는 습관이,
인생을 훨씬 더 주도적으로 만들어요.

나의 오늘을 위한 실천 문장

지금 가장 집중하고 있는 과목이나
과제 하나를 떠올려 보세요.
그리고 "나는 왜 이걸 하고 있을까?"라고 물어보세요.
그 질문에 자신만의 이유를 찾아 적고,
그것을 오늘 하루의 동기부여로 삼아보세요.

MEMO

MEMO

MEMO